写一封无法送抵的信

《读者·原创版》编辑部 ◎ 编

孔學堂書局

图书在版编目（CIP）数据

写一封无法送抵的信 /《读者·原创版》编辑部编. — 贵阳：孔学堂书局，2021.10
ISBN 978-7-80770-302-0

Ⅰ. ①写… Ⅱ. ①读… Ⅲ. ①散文集－中国－当代 Ⅳ. ① I267

中国版本图书馆CIP数据核字（2021）第174361号

写一封无法送抵的信

《读者·原创版》编辑部◎编

XIE YIFENG WUFA SONGDI DE XIN

责任编辑：蒋红涛　胡　馨
责任校对：胡国浚
责任印制：张　莹　刘　锋

出　　品：	贵州日报当代融媒体集团
出版发行：	孔学堂书局
地　　址：	贵阳市云岩区宝山北路372号
	贵阳市花溪区孔学堂中华文化国际研修园1号楼
印　　制：	天津行知印刷有限公司
开　　本：	800mm×1100mm　1/32
字　　数：	144千字
印　　张：	7.25
版　　次：	2021年10月第1版
印　　次：	2021年10月第1次
书　　号：	ISBN 978-7-80770-302-0
定　　价：	38.00元

版权所有·翻印必究

博大的爱，博大的心灵，博大的精神世界，
正是那一把穿越漆黑夜晚的利剑。

——《穿越黑夜的精灵》

打火石来自独居石,它可能也怕独居吧,
便藏了火,就像人一样。明白了,总是好的,
两个人,要厮守,要相爱,要有火花……

——《打火石也怕独居》

那些星星,有没有印在你心里呢?
那是一颗一颗的希望,是一滴一滴的喜悦,
是自然之美,是人生之悟。

——《星星降落在沼泽地》

我想着,哪日若我不幸跌了跟头,就去河畔,
躺在地上,趴着也行,悄悄聆听草的私语,
学着草的低姿态疗伤,然后慢悠悠继续往前走。

——《青草远道》

　　我们应该敞开心扉,真诚而宽容地对待每一次灵魂的遇见,追逐心灵的方向,或许不经意间,你会发现自己已踏上另一条路,那是一段你心灵深处渴望已久的人生。

——《两段人生》

没有人生下来就充满勇气和力量。
将灵魂变为一块吸铁石，
其实是岁月赋予每个人的一种修炼。

——《心想事成的秘诀》

前　言

《读者》大约可以代表我们人生的一个阶段，一段大部分人共同拥有的成长记忆。这段记忆里有青春的面孔和经典的文字，和着书墨的味道，不断带给我们启发和惊喜，就像人生时常会带给我们的那样。

《读者》也代表着岁月的流淌，更代表着无情岁月里的人情温暖。在这里等待你的，是打动心灵的经典美文，是曾经或即将带给我们无穷勇气与力量的励志故事。你所想要的、你所缺失的、你所迷茫的，在这里，都可以寻觅到答案。

《读者》还代表着一种品质，从杂志到图书，编辑们一遍遍从每年发表的文章中推敲、筛选，选择好的内容，再配上精美的彩插，汇编成书奉献给读者。

《读者·原创版》作为读者出版集团刊群中的一支新军，与《读者》的时代精髓一脉相承，又散发着自己的独特气质，是国内领先的综合性原创青年杂志。其拥有一支实力雄厚的作者队伍，这些优秀的作者用其独到的笔触为读者提供最好的阅读体验。自2004年9月创刊，《读者·原创版》一直坚持以文字记录时代与现实生活，用故事温暖亿万读者，得到了众多读者的厚爱和欢迎。文章以社会、情感、人物、心理、资讯为主线，集粹原创首发内容，各种思想在这里碰撞、融合，丰富而多元的内容集结，使《读者·原创版》在各类人文杂志中历久弥新，独具吸引力。

如果说人间有什么东西值得特别珍爱，无疑就是时光不能改变的东西，就是人心沉淀下来的东西。情感如此，文字亦如此。这套《读者·原创版》十年典藏精选美文系列（全四册），汇集了《读者·原创版》杂志2005—2014年精华篇章，每一篇都是经过时间淬炼，得到读者认可与喜爱的暖心佳作，纯美动人，生花妙笔，只为向热爱文字的你，献上一场文化盛宴。全套书，在进行细致的划分后，分为《面朝大海，春暖花开》《只为与你相遇》《生活，别来无恙》《写一封无法送抵的信》四卷，以便将十年精华文章以其发表时的原貌，全方位展现给忠实的读者。

其中，《面朝大海，春暖花开》是《读者·原创版》十年典藏精选美文系列中的文艺卷，本卷所选编的内容，既包含当代美文杰作，也包含了对现当代文学、文艺大师的深刻解读；有对时代电影的品评，也有对古典雅趣、诗意情怀的致敬，翻开这本书，属于这个时代的文艺气息扑面而来，以文字和阅读守护现世人生与诗性家园。

《只为与你相遇》是《读者·原创版》十年典藏精选美文系列中的情感卷，所选篇目涵盖青涩初恋、情感变奏、爱的箴言、婚恋人生、亲情乡情等内容，以真情至爱、至真至性的笔触，讲述最感人至深的爱的故事，讴歌人间的真善美。

《生活，别来无恙》是《读者·原创版》十年典藏精选美文系列中的励志卷，由极具感染力的心灵美文精选汇编而成，汇集了生活中最鲜活的点滴，展现了世人追求未来的希望和勇气。真实质朴的文字，讲述了一个个感人至深、发人深省的故事。让你在书中找到一份慰藉和希望，获得更多的力量和智慧。

《写一封无法送抵的信》是《读者·原创版》十年典藏精选美文系列中的心灵卷，荟萃有关人生感悟的精品散文，从舒缓压力、提升自信、拓宽思路、培养创造力等多个方面探讨培养内心能量的途径，是一本为读者用心打造的暖心读本。

我们期望借此打造出一套有思想的深度读物，从这个意义上说，这套书，不单是《读者·原创版》这十年来所有文字中最结实最柔软的那部分的汇总，更是一个个鲜活生命的冲突、较量与和解，一段段平凡人生的疼痛、眼泪和微光。

感谢你们，亲爱的读者朋友们，打开这套书，这样和我们相遇。

我们相信，书中总会有一个故事、一些人、一次邂逅、一段旅途，让你从别人身上看到了自己，无论是恋情的青涩、亲情的温暖,还是成功的喜悦、失败的痛苦,关于你的精彩时刻、青春时光,《读者·原创版》伴你共见证。

《读者·原创版》编辑部

目　　录

辑一
找找你的幸福

002　最亲爱的,来我梦中的山上吧
　　　杨如雪

008　穿越黑夜的精灵
　　　何贤桂

013　找找你的幸福
　　　苇　苇

016　被音乐拯救
　　　李小林

021　星星降落在沼泽地
　　　羽　毛

024　花满楼的九条命
　　　孙　丹

辑二

记得那时年纪小

034 少女的唇彩
安 宁

038 追星记
林特特

044 记得那时年纪小
肖复兴

050 解放日
范晓波

058 18岁那年曾远行
雪小禅

064 当我年轻幼稚的时候
王 樽

069 桃花流水窅然去
丁立梅

辑三

爱是一杯圆满的苦茶

076 隔岸那片雏菊
    杨　荻

082 浅喜深爱
    雪小禅

085 爱是一杯圆满的苦茶
    蒋　薇

089 爱过有痕
    安　宁

094 野百合也有自己的春天
    黄点蓝

099 两个人的千年美丽
    池　莉

辑四

穿越地平线的渴望

104 我不容许自己怀疑自己是天才
    千　絮

111 穿越地平线的渴望
    俞敏洪

119 引领你的一生
    李开复

128 青草远道
    蔡　成

132 锯掉的木头能开花
    苏小蝉

136 玫瑰不着急
    苏小蝉

140 两段人生
    陈　胜／译

143　　一粒苹果种子
　　　　林特特

辑五
心灵的凉亭

148　　那些让人肃然起敬的人与事
　　　　魏剑美

152　　1203，你认识门外的人吗
　　　　汤馨敏

158　　心灵的凉亭
　　　　方冠晴

162　　寻隐者不遇
　　　　陈长春

169　　不要在贫穷面前说出你的名字
　　　　海　宁

176　听从内心的声音——专访林清玄
　　一　盈

186　写一封无法送抵的信
　　浅　草

192　静待花开
　　杨如雪

195　心想事成的秘诀
　　琴　台

198　以田园心境过都市生活
　　周　正　张丽洁

204　美丽、才情与女人的幸福
　　忻之湄

207　忘记是第一簇雏菊
　　韩松落

210　加油！钝感力
　　七　七

辑一

找找你的幸福

最亲爱的,来我梦中的山上吧

杨如雪

有一天,鸣虎打电话给我:"最亲爱的,我有一座山了,来看看我的'瓦尔登山'吧!"

我的家人都知道,我是这个小我五岁的男孩的亲爱的,最亲爱的。

最亲爱的,是他的口头禅。大概一个知道自己生命期限的人,看花鸟鱼虫、熟悉陌生,都是最亲爱的吧。

三年前我采访过鸣虎,那时他还在省会城市上大学,住在一家星级宾馆,身边围着十几个媒体记者。他刚打了针,准备给上海一个患白血病的女孩捐献干细胞。这篇稿子最后掐头去尾,只发了一个短新闻,我俩却成了朋友。

中午吃饭时,我俩挨着坐,鸣虎说他喜欢梭罗,我也喜欢。他自称至少翻烂过三本梭罗的《瓦尔登湖》,我自叹不如。

鸣虎说这次捐献干细胞,是他一辈子最幸运的一件事。

千万人中,单单选中了你,做一个人的救星,是挺幸运的。

后来他考上社科院教育专业的硕博连读,上了一半,就因病退学了。

是肌无力,也是多少万人中才有一个"中彩"。但他不如他捐干细胞的对象幸运,全世界都找不到救星。

梭罗在大城市的郊外有一片水,鸣虎想要一座山。"要是医疗技术救不了我,就让我梦想的生活来救我吧……"鸣虎给我发短信。

在城市以西六十里处,鸣虎真的找到了自己的那座"瓦尔登山"。矮矮的,小小的,很贫瘠,乱草横生。山上原来有两家住户,后来搬走了。这两家的祖坟还在,鸣虎替人维护墓地,租金就不用交了。

从这儿到看病的那家医院有固定班车。不过,鸣虎很少去医院,除非万不得已。他太忙了。

一个敬业的山民总是有干不完的活儿。鸣虎很高兴,命运让他从一个硕博连读的英才,变成了一个日日和大自然亲近的山民。

但要把这座荒山改造成花果山,却需要源源不断的资金投入。

鸣虎的父母是公务员,有退休工资,不用他养。他每周去市里教一天课,所得付过医药费后,所剩无几。没什么积蓄,他也不愁,他说大自然自身有神奇的恢复能力,只要保护好不再破坏,慢慢恢复就可以了。

"五十年,我的'瓦尔登山'就会变得花容月貌。"鸣虎充满信心地说。我见过相同病症的人,病情发展得很快。我怀疑,别说五十年,他还能坚持五年吗?

我没什么可帮他的,每次去的时候,想办法给他找些优良种子、树苗、书籍,还有旧家具、旧煤气灶……总之,只要是家里用不着的东西。反正山上有的是地方。

他人缘不错,同学、老师都去,带去的东西也五花八门。

后来,同学的同学,同学的男朋友、女朋友也跑去。鸣虎一度是那所大学的骄傲,大家来有点儿仰慕观光的意思,可山上没什么好看的。

他要报答我们的情谊,把山划了好多小片片,回赠给常去的人,想种地瓜就种地瓜,想种玫瑰花就种玫瑰花。反正他自己也没精力做那么多。

渐渐地,山上的每棵树、每块石头都有了主,每个鸟窝、每个小野兽的洞穴都有名有姓,还有人带了条狗去,鸣虎给它取名花儿。它饭量巨大,每天要吃十几个馒头。有个教授的亲戚送去了一窝鸡崽儿,五十只活下来八只,一公七母,不出一年,就开始漫山遍野丢鸡蛋。

这样一来,我们去得更频繁了。我几乎每星期都去,自己的宝地不能荒废呀,汗水流得越多越是舍不下,就好像你在一个人身上过多地付出了爱，就很难忘掉这个人一样。

节假日，看山坡上，一群穿城里衣服的半瓶子醋庄稼人，女的戴着大草帽，脸上胳膊上擦着防晒霜，男的手握锄头叼着烟卷儿，各忙各的，欢声笑语，此起彼伏，全然是一幅上世纪六七十年代生产队的景象。到点儿听到开饭的哨响，唱着歌儿收工。

我不知道当大家晚上离开，鸣虎一个人的时候，怎样面对沉寂幽静的夜晚。鸣虎说："一开始一个人也很害怕，不只是害怕，简直是毛骨悚然。想想吧，山上那么多老坟，老觉得有东西从里面爬出来，摸我的后脑勺……"

"后来花儿来了，我睡觉时它就卧在我床下，半夜起来方便，我一动花儿就能听到，它总是一骨碌爬起来，也不咬，也不叫，静静地跟在我身后……等我回来躺下，它才趴下接着睡。"

最近一次，黄昏喝了啤酒，鸣虎要送给我一首诗，笔和纸找到了，四句打油诗最后一句的一个字却愣是想不起来，没字典可查，鸣虎问我们，我们都笑，谁也不告诉他。

谁相信一个曾经上过社科院教育专业硕博连读的人，连"浩瀚"的"瀚"也不会写。

"要是我告诉了你这个字，就不是你的诗了，也不是你要送给我的礼物了。"

无奈，鸣虎只好找了一本旧杂志，一行一行地找，终于在最后一页，捉贼一样捉住了那个字。

鸣虎和文字渐渐生疏，和泥土迅速亲近。有一次我问他，这样做后不后悔？觉得亏不亏？如果身体好了，会不会有一天重返校园，边教课边著书，桃李满天下？

鸣虎笑指着旁边已经挂果的树："这不是桃子？这不是梨？还有甜杏、黄瓜、西红柿。远处那些庄稼不是书？一行行的垄沟不是一行行的文字？这座每天都在变化的山，不是我日新月异的生命？"

"可是……毕竟爱智慧才是最高的快乐……"我词不达意，觉得鸣虎的抒情和我说的不是一回事。

"人随时随地可以思考，"鸣虎回答，"不见得每天看《新闻联播》才能保持信息灵通。我只不过把年老退休后才有机会做的事情，提前好好享受了。我也给这山上的花鸟虫兽以休养生息，它们的生命不低于一个人。话又说回来，有多少人能安然地等到梦想中的老年呢？"

我的地里种了莴苣，鲜嫩肥厚的叶子，蘸酱生吃特别香甜；我儿子种了三十几棵向日葵，因为没经验，一多半没灌上浆，当太阳花看，还挺好看。天不负他，还有七八个大圆盘籽粒饱满，晚上我们五六个人，坐在梧桐树下看着月亮嗑瓜子，嘴巴忙得来不及说话。

嗑得差不多了，我说："鸣虎，我觉得'瓦尔登山'比瓦尔登湖要好。"

"哦。"鸣虎瞧着我。我"攻击"了他的偶像,但同时抬高了他本人,他一时不知如何回应。

"瓦尔登湖是个隐士,'瓦尔登山'是个俗人,我和大家一样,喜欢隐士的高贵,也喜欢世俗生活的热闹……"

"你没有非要坚持自耕自种,你给我们每人一块地搞共产主义,你也没有把隔着一座山和我们聊天当作境界。还有,你在这儿住的时间,已经超过了梭罗在瓦尔登湖边居住的时间,我觉得你对山的爱,和梭罗对湖的爱,没什么不同……这山叫不叫瓦尔登,其实都无所谓,无论叫什么名字,我们都会来。"

鸣虎感动得语无伦次:"亲爱的,最亲爱的……"

鸣虎的病情暂时控制住了,起码没有进一步恶化,医生和鸣虎的朋友们一致认为他的健康奇迹得益于这座梦想中的山。

这山本是鄙陋、生硬、愚钝的,但因为鸣虎的爱,一天天变得妩媚动人起来。

大地母亲,每时每刻,顺着石头缝、泥土、树根和叶的脉络,源源不断地给鸣虎的四肢注入力量,延缓了他的肌肉下垂。五美元买不到一口的新鲜空气,也让鸣虎呼吸器官的衰竭过程放慢。

清晨,他走在溢满酸枣花香的小径,用小勺拌匀白糖粉,喂一窝刚搬来的蜜蜂。

穿越黑夜的精灵

何贤桂

一

尼采的晚年是在孤独中度过的。病床上的哲人,看到窗外的那一线光芒,激动万分:"在这完美的一天,一切都臻于成熟,不仅葡萄变成褐色,同时一线阳光投射到我的生命之上,我瞻前顾后,我从未一下子看到过这么多的美好事物。"那一天,他重新感受到了生命的气息。超越漆黑,超越一切心灵中的漆黑,灵魂在那刻获得新生。

或许,这只是一线阳光;或许,这只是刹那间的感受,但对一个生命来说,这已经是永恒。

诗人巴尔蒙特深情地说:"为了看看阳光,我来到这世上。"看看这世上的阳光,我的生命也就知足了,诗人很简单。在这个时候,阳光超越了一切世俗。任何的欲望、道德、权力、法律……都是毫无意义的。

二

第欧根尼是古希腊著名的哲学家。

一次,正当第欧根尼待在自己所住的酒桶里晒太阳的时候,国王亚历山大慕名前来拜访。国王为了表示自己对哲人的关心,就对他说:"我可以满足你的一切要求,你有什么愿望就告诉我。"

哲人想了想,毫不客气地说:"我唯一的希望就是请你退到一边,因为你挡住了照到我身上的阳光。"

我们可以理解国王的一片好意,他的确是想让哲人过得好一点。但哲人有着自己的想法,他需要的是世上最质朴的东西——阳光。

我们可以理解,精神上越是强大的人,越是需要最为自然的东西。

三

海明威是一位公认的硬汉。

海明威的写作是一种良知的写作,他的笔成了反对战争的号角。

"人可以被毁灭,但不能被打败!"这是人的声音。任何一个人都有遭遇困境的时候,但人绝不能因此而萎靡不振。

1942年,德国侵入了苏联。一位诗人后来曾这样写道:"在法西斯主义发动的这场大规模的、席卷全欧洲的爪达拉哈拉战役之后，我希望能遇见海明威。我们应该保卫生活——这是我们这不幸的一代的使命。如果我和我们中间的许多人未能亲眼看见生活的胜利，那么谁都不会忘记那个腿部受了伤、躺在卡斯蒂利亚的道路上的美国人临终时的情形，以及那支小小的猎枪和一个伟大的心魂！"

一个硬汉，一个伟大的灵魂。

四

二战留给后人的是永远的伤痛。

二战后，一个纳粹战犯被处决了，他的妻子因无法忍受众人的羞辱，自杀身亡了，留下的是一个两岁大的孩子。第二天，窗口传出了孩子的哭声。

邻居知道那房子里还有小孩活着，但却没有一个人敢去救他。人们在寂静中等待着奇迹的发生。

这时，一个叫艾娜的女人不顾一切地向楼上跑去。她把孩子抢了下来，并收养了他。女人的丈夫曾因帮助犹太人而被孩子的父亲杀害，附近的邻居因此很不理解她的行为，甚至有人建议艾娜把孩子送到孤儿院或干脆扔掉。小孩在一天天地长大，艾娜自己的孩子也不理解母亲的行为，还与一群孩子用石头扔那个可怜的孩子。艾娜并没有因此而放弃那个孩子，她常对那孩子说："你是多么淘气啊，你是个小天使。"

随着孩子的长大，人们并没有遗忘他父亲所犯下的罪行，常有人叫他"小纳粹"。附近的孩子都不喜欢跟他交往,邻居偷偷地把孩子送到了十几里外的孤儿院。艾娜一看孩子不见了,便急着去找。

半个月后,艾娜总算把孩子找回来了。她面对着前来围观的邻居,斩钉截铁地说:"孩子无罪!"

仇恨是心灵的疾病,它毒害的是心灵的光明。我们不能将仇恨一代一代传下去,那只会使这个世界充满仇恨,更多的心灵都会在仇恨中死去。

哲学家史怀哲说:"这时候,善就是爱护并促进生命,把具有发展能力的生命提升到最有价值的地位。恶就是伤害并破坏生命,阻碍生命的发展。"

我们需要的是善,而非恶。

五

电影《角斗士》中的凯撒曾说过:"当死亡向我们微笑,我们唯一能做的就是以笑容面对。"

"轻轻地我走了,正如我轻轻地来。"死亡是必然的事情,也是生命的最后一件事情。只要在生活中有过瞬间的美丽,也能成就永恒的辉煌。

我熄灭房间的灯,我用心灵照亮整个世界。

博大的爱,博大的心灵,博大的精神世界,正是那一把穿越漆黑夜晚的利剑。

六

用仇恨的眼光去看待这个世界,不如用爱的心灵来包容这个世界。

用仇恨建立起来的世界,终将毁灭于仇恨。

与世界决裂,不如与仇恨决裂,与心灵中的漆黑决裂。

为了世界的爱,我来到了这个世界。

为了心中的善,我来到了这个世界。

为了这些质朴的元素,我宁愿是黑夜里的精灵。

找找你的幸福

苇苇

那天,心情低落,去常逛的一家网站,看到有人开了一帖:"说说你这一年中感到最幸福的事吧",嚯,跟帖的真不少!

"最幸福的事情就是父母家人一切安好!还顺利地和公司续约了!"

"呵呵,我小侄女说她最幸福的是外婆送了她一只粉红小绒猪——那只在小摊上买的小猪才5元钱,是她所有玩具中最便宜的,但也是她最爱的!"

"我最幸福的是在今年快结束的时候认识了他,并且相爱!"

"今年最幸福的事就是家人及朋友对我的关心,还有,买到了一直在找的一张碟!"

"我今年最幸福的是做了妈妈,宝宝不漂亮,可在我心目中她是独一无二的天使!"

"我最开心的是今年婚后厨艺见长——全因找了个好吃的老公,遂在网站向各位姐妹学艺,现已有几道让老公狂赞的拿手菜啦!"

"我最幸福的是今年发表了我的处女作,别笑我哦,写作一直是我的梦想,27岁总算发表了一篇送给妈妈的小散文,妈妈也很开心哦。"

…………

这么多的幸福!可好像没一件看来是很隆重的啊,和物质似乎也无关系,全是琐碎、家常而点滴的幸福。

坐着,想自己一年下来有些怎样的幸福——当然,不再按曾经的标准,那些标准让我筋疲力尽却总未能接近。像网友们一样,我用一颗平实心去寻找一年中的幸福时光:

终于确定了一段感情的走向——不是开始,而是结束,但清醒的结束也是种幸福,不是吗?尽管有痛!

姐姐添了可爱的女儿,全家人为此多了一份深爱与欢乐。

好友终于从一场打击中走出,曾经,他绝望地想从18层楼纵身跃下,但今天的他终于重新开始笑了!

去了本省一个美好的地方旅行,花了不到1000块钱,但添了些无价的照片和回忆。

…………

幸福的事还真不少,虽然同样琐碎、微小,甚至不值一提,但就是这些点滴构筑着人生的欢乐时光,并且对抗着那些大的挫败与灾难！它们日积月累，驻扎在日子的缝隙中，像执着的藤蔓抓紧砖墙，细雨积满深洼。人生因此有了继续往下走的理由，那些看似不值一提的幸福，用一双纤小而有力的手在背后推动着日子。

被音乐拯救

李小林

1943年,奥斯威辛集中营。一个17岁的小姑娘来到水池边,冲洗自己满是泥水的双脚。她的鞋子被人偷走了。在死亡随处可见的奥斯威辛集中营,丢一双鞋子算得了什么呢?所以她只能光着脚去做工。看着清水下自己白皙双脚上的道道伤口,又想起被投入焚尸炉中的双亲,她呜呜地哭了起来。一个女人走了过来,明白了眼前发生的事情后,轻声问小姑娘:"你会演奏乐器吗?"小姑娘闻声抬起头来。她认得这个女人,她叫阿尔玛·罗塞,她的舅舅是法国大作曲家马勒,她的父亲是维也纳爱乐乐团的首席小提琴手,而她本人也是一位著名的小提琴家。她是最近才被抓进集中营的,纳粹命令她在集中营里组织一个女子乐队。

"你会演奏乐器吗?"女人追问道。小姑娘嗫嚅着,她想说"会的",她知道罗塞小姐正在寻找乐队成员。可是在集中营里,被抓进来的像罗塞小姐这样有名的音乐家大有人在,更不要说职业乐手了,哪里会轮得到她呢?女人似乎看出了小姑娘的犹豫,鼓励她说:"你会吗?什么乐器都行。"小姑娘小声地说:"我会拉小提琴。"

女人拉起小姑娘,风一样跑到了乐队的排练场,抓起一把小提琴塞给她:"试奏一段。"小姑娘小心翼翼地拉了一曲。琴声刚停,女人就兴奋地说:"拉得太好了!你被乐队录用了!"小姑娘正惶惑着,想着自己刚才拉错了好几个地方,却分明听到女人大声地宣布:"作为乐队的正式成员,你现在可以去要一双鞋来。"

几十年后,当年的小姑娘已变成了维奥莱特·雅克·塞巴斯蒂安夫人,每每回忆起这一幕,她都泪流满面:"我欠她一条命。"可是她再也没有机会向罗塞小姐报答救命之恩了。因为早在1944年4月,也就是在女子乐队组建1年多之后,面对纳粹的淫威,罗塞小姐在"尊严"和"生命"之间,选择了前者。

慑于罗塞小姐杰出的音乐才华,纳粹同意乐队成员在集中营里为罗塞小姐举办一个悼念仪式。维奥莱特所能做的,只是为罗塞小姐采摘一簇野花,默默地祝愿她在另一个世界中可以远离所有的丑恶。

进入乐队之后,维奥莱特惊讶地发现自己的演奏水平居然还算得上中等。她旁边的一个提琴手在演奏时,乐器上有意不放松香,所以几乎总是在无声地"演奏"。维奥莱特心里明白,她也是罗塞小姐以音乐的名义从死神手里拯救出来的。

维奥莱特就和其他的乐队成员一起,在犯人工作时,在旁边从早到晚地演奏进行曲,以鼓舞士气。晚上,再奏欢迎曲迎接纳粹部队的归来。周末,她们还要为党卫军的娱乐活动伴奏。

作为交换,她们可以享受到一点特殊的待遇:早上有热粥喝,中午有汤喝,晚上可以吃上抹着人造奶油的面包,或是一薄片腊肠、一点果酱。正是凭借这些,她们才得以在饿殍遍地的奥斯威辛集中营幸存下来。1945年4月,骨瘦如柴的维奥莱特从集中营里被解救了出来。

战后她虽然仍旧以音乐为职业,但是彻底放弃了小提琴的演奏,因为集中营里的记忆实在不堪回首。她改为吉他弹唱,先是在巴黎塞纳河左岸的小酒馆里演出,后来在法国南部旅游胜地蓝色海岸的土伦市开了家饭店,在自己的饭店里演奏音乐。

2005年,维奥莱特出版了自传《呜咽的琴声》,向年青一代讲述纳粹集中营里的生活,告诉他们不要忘记历史。同时她在书中还写道:"不要哀叹哭泣,我讨厌这样。即使是在集中营里最艰难的时候,姑娘们(乐队成员)仍旧没有忘记欢笑和歌唱。"她回忆说,她们曾模仿德沃夏克的风格,自己创作过华丽幽默的乐曲,来与集中营里黑暗的现实相抗衡。

与主要面向年轻读者的自传里的叙述不同,在接受采访时，在面对阅历更丰富的广大人群时，维奥莱特谈到她们当年在集中营里演奏、作曲的经历，表现出来的更多的是忏悔，因为乐队本身毕竟是为纳粹服务而存在的。她说，在奥斯威辛集中营那样一种死亡的氛围里，她和其他乐队成员过的几乎是歌舞升平的日子，相对而言，她们算得上是不愁吃穿的特殊群体，没有太多死亡的恐惧，在音乐演奏中得到了许多快乐，如果称之为"享受"也不为过。

而且，面对纳粹邪恶势力的那种"无力感"——乐队成员面对眼前随时发生的死亡和邪恶行为无能为力，只能听之任之，然后逃避到所谓的音乐里去，这些始终在维奥莱特的记忆里挥之不去。维奥莱特一直保存着一张罗塞小姐的老照片。每每看到罗塞小姐端庄的容貌，维奥莱特就会问自己：为什么罗塞小姐可以毫不犹豫地去拯救他人的生命而不计个人的安危？为什么自己只能选择苟活，而无法做到高贵？随着岁月的流逝和年龄的增长，这个追问几乎变成了维奥莱特对自己灵魂的拷问。

其实，维奥莱特能在集中营里幸存下来，本身已经表现出了和罗塞小姐的高贵具有同等价值的另一种人类精神——顽强。她用顽强的生命力见证了正义战胜邪恶的事实。也正是凭借了众多罗塞小姐的高贵和众多维奥莱特的顽强，人类才得以在一次次浩劫中生存下来，让理想的旗帜继续飘扬。

为此，法国总统授予维奥莱特荣誉骑士勋章，其他一些城市也授予她各种奖章和荣誉称号。今年,她的故事又被搬上了巴黎的戏剧舞台。维奥莱特很珍惜这些荣誉,她很看重人们认可她为"战士"。

更让她感到高兴的是,已83岁高龄的她如今获准入住专门安置老兵的巴黎著名的荣军院。虽然那里的住所比她原来在巴黎第19区的两居室要小一些,但她对新住处还是满意的。荣军院这份荣誉让她获得了巨大的心理安慰。

同时,荣军院窗外的街景也让她非常喜欢:夕阳西下的时候,埃菲尔铁塔沐浴在落日的余晖里,附近各式高低错落的穹顶发出柔和的光。人们懒散地走着,不知从什么地方飘来一阵音乐,一个安详的世界就呈现在了眼前。

星星降落在沼泽地

羽毛

人生总有不如意,如同陷入泥沼,进退维谷。

譬如失恋。好友说出这两个字时,无奈且无力,仿佛丧失了水分的植物。我明白一切。相知七年,我在幕后看着她如何盛装演出,如何游刃有余地与各种男人周旋,如何矜持地加以选择,又如何横生枝节,最终变成独角戏。然后,她疗伤休养,挣更多的薪水,买更好的香水,遇上谁后又风生水起地再爱一场,再焦头烂额地退出。她总是安慰自己,下一个才是真命天子,但遇上的,却总是变不成王子的青蛙。转眼之间,她成了大龄女青年。

她问我,为何自己总是失恋?

也许遇上的人不对,或许时间、地点不对,爱情成了她此时的沼泽,逃不过去。

譬如失业。弟弟在MSN的签名档上写着:保护良心还是保住饭碗,这是一个问题。我也明白一切。他从小耿直善良,医科大学毕业后,他顺利进入一家薪水丰厚的医院工作,可是他看不惯同事理直气壮地收红包,开出一叠多余的检查单,反而对他的洁身自好嗤之以鼻的行为。年初单位新进了一批医疗器械,他经过检验,发现这批产品并不合格,便写了详尽的报告上去。三个月后,他却忽然被解聘,理由是"业务不精,不会团结同事"。走的那天,负责器械设备的主任说,年轻人,多干事少说话!

他问我,姐姐,是我错了吗?

他的耿直纯真注定会破坏某些潜规则,这次如同螳臂当车,他遭遇了工作沼泽。

譬如死亡。4岁的侄女,正在苦恼之中。她一夜睡醒,发现最疼爱她的爷爷突然不见了。她的卧室里,爷爷买的毛毛熊还威武地站着,祖孙俩的合影还一派灿烂,爷爷却消失了。每个人都说爷爷出远门了,很久以后才能回来。她于是常常靠在门框边,不厌其烦地张望。

她问我,姑姑,很久究竟有多久?

我不忍告诉她,很久,有时就是永远。她不会明白"突发性脑出血"的含义,只有等她长大,才会明白,生老病死原是人生躲不过去的沼泽。

…………

人生并不漫长,可是却充满各种挫折,注定的、人为的,或者无法逆转,或者天灾人祸,处处都可能塌陷,形成陷阱,变成一片无法前进又无法后退的沼泽。人被这种氤氲的忧郁困扰着，被长久地煎熬着，脱身不得，进退两难。

这时，我总是想起黑泽明名片《丑闻》当中的一个片断。

绯闻缠身的年轻画家和悲观无能的老律师，在法庭上一再受挫，抑郁焦躁之余，深夜买醉，踉跄而归。两人互相搀扶，摇摇晃晃地竟然走到了一片沼泽地，画家愤怒地感叹："人生真是辛酸苦辣，那条肮脏的长街之后，竟又是一摊无法下足的泥沼！"

可是，当他驻足观望，竟然孩子般惊喜地大喊："蛭田律师，你看，星星降落在沼泽地！"

是的，那片沼泽地里，有着小小的水洼，映着天上的星星，一颗一颗，如此美丽。黑暗的依旧黑暗着，明亮的却更加明亮，在肮脏的泥泞里，闪闪烁烁，活泼跳跃……

老律师无语感动。

他们最终赢得官司，画家重得了清白，律师挽救了良心。

那些星星，有没有印在你心里呢？那是一颗一颗的希望，是一滴一滴的喜悦，是自然之美，是人生之悟。

每个人活着，都要承担属于自己生命的那份独特的痛，继续寻找爱情或者工作，幸福或者尊严。无论多难，请相信，星星也会降落在沼泽地里，一颗一颗，清亮美丽……

花满楼的九条命

孙丹

花满楼是我家的猫,前日没了。它是瞎子,享有此次"猫生"七年有半。

花花第一次见兽医,医生也不知道说什么好。挠了挠头,开了瓶除虱药水:"养着吧,也是一条命。"他算得有些不对,花花到走,一共用了九条命。

我和它相遇在我28岁那年的6月1日。

作为一个成年人有个好处,就是可以偷偷在内心深处养一个小孩。滋养这小孩,娇惯这小孩,平时忘了这小孩,累的时候羡慕这小孩,大笑的时候干脆变成这小孩。六一儿童节,我跑去给自己内心的小孩买了本漫画书。回到小区,就遇到了花满楼,它正在用掉它的第一条命。

马路上一声急刹车,银色车门打开,一位女郎皱着眉头从驾驶室下来,用手指小心翼翼拎起车前方的什么东西,丢到路边的鹅掌楸树下。

以前，我以为礼物都是这样的——包装整齐，光滑精致，系着红缎带。但是这个礼物不一样：它才手掌大小，骨瘦如柴，抖个不停，两眼全瞎，浑身虱子，屁股没毛，好像随时都可能断气。

"养着吧，也是一条命。"医生说。它没被车撞着，眼睛一只有严重白内障，一只根本没有晶体，生来就如此。于是，它坐在漫画书上，跟我回了家。

半年后，我才知道，花花是用它的第一条命纪念它的母亲。那是只在杂货店看守粮食的漂亮母猫，过马路去绿化带上厕所，刚刚在同样的地方，以同样的方式丧失了性命。

我们叫它花满楼，一位武侠小说中著名的瞎子，功夫高强，心气宽和，善感幸福，境界高远。虽然花花其实是母猫，虽然它那时须发不齐，毛色杂乱，看起来实在是更像柯镇恶。

因为有虱子，花花要和家里的健康猫孙小美隔离，就被养在浴缸里。它的实际年龄是4个月，但只有1个月猫的大小，虚弱地坐在猫窝上，连浴缸都爬不出去。初次给它洗澡，水是淡红色的，那是虱子们吸血后留下的痕迹。屁股没毛的原因也找到了，原来是拉肚子，我们生动地学习到"中度脱肛"这个医学名词。

所以，一个月后，当花花干干净净地跳出浴缸、跳上我们的床时，我们是多么惊喜啊！花花用它的第二条命奋斗成了我们家的健康小猫。

它背上黄黑,肚腹纯白,粉红爪垫上镶着几块调皮的黑斑。小脸也不错,上黄下白,眼眶黑,倒有点像某种画眉鸟。这样的小东西歪着头,睁着瞎眼看人,真是又纯洁又深刻。在这种被看的时刻,人不自省简直不可能。这是我从花花的第二条命中学到的:生命永远比它看起来更坚强。

几天后,花花用第三条命纠正了我们的人类中心主义。它直接从四米多高的阁楼楼梯的最高处摔了下来。我目睹了一切的发生,但没来得及接住它。我们这才意识到,这个对于我们来说舒适自由的家,对于瞎猫或者小孩来说,还需要特别的保护,比如移走低矮处的尖物,比如给楼梯装上挡板和保护绳。

花花摔下来,脊梁着地,艰难地翻了个身,瘸着腿逃跑了。但这只是吓吓我们而已,等保护绳装好,它又露面了,上上下下在楼梯上活泼地探险,腿不再瘸。

到现在我还觉得,花满楼和孙小美,可能不是一种生物。它们脾气不同,习性不同,语言不同,7年的相处也没怎么实现文化渗透。拿最直接的量化数字来说吧。贵族孙小美全身雪白,蓝黄怪眼,买时就38块,比普通小猫贵了18块。之后,它不停升值,扯碎一卷卫生纸升2块,打碎一个花瓶升100块,抠破床单和衣服若干,最厉害的是把高级音响的低音单元捅了个洞,身价直接上涨了好几千。而土猫花花则是平民,捡来就免费,从没有破坏过任何财物,常蹲在猫树上,尽责地抓猫抓板。它围着沙发散步的时候,不蹭到任何一角。它从厨房快速跑向厕所,中间绕过两把椅子。一尺宽的通道,它从容走过,身无挂碍。从效果上看,不知道哪个才是瞎猫。

小时候,花花很喜欢孙小美这个姐姐。但在我们的相册里,所有拍到的二猫相安、其乐融融的照片都是某种假象:太阳很好的时光,小美昏昏睡去,花花跑来,兴致勃勃地亲吻和拥抱……

小美可能从来没接受过花花。它会用一百种不同的声调和我们聊天,花花只会三五种。花花的眼睛有时发炎,散发出难闻的气味。花花没有学习过有效的交往礼节,一来就侵占所有地盘(快乐活泼,天真无耻,热情又亲切)。心高气傲的小美尽量保持风度,凡是花花摸过的玩具一律不要,忍无可忍才给一巴掌。

小美常在前方偷偷摸摸弄出响动,花花好奇心勃发,马上冲过去追随。于是一逃一追,愈逃愈追,几趟快速来回,小美返身一扑,把花花扑到肚皮朝上,作势咬住花花的喉咙,结束游戏。小美的满足当然是在最后,花花却觉得前面好玩。于是我们家常发生这种情况:一只小瘦猫在追赶一只大肥猫,一只瞎猫在狂追一只明眼猫,楼梯上响声大作,上去又下来,地动山摇,真是奇景啊。

花花的第四条命就这样在和小美的错位中消磨而过。真相什么的完全不重要,重要的是自己的理解,以及对理解的坚持。后来花花几乎接手了家里全部的猫玩具、猫篮子和整棵猫爬树。而小美，心情复杂，跑去占领了床和我们的膝盖。

第五条命是花花二见医生。和小美一样，我们带它去做了绝育手术。自此，花花丧失了一些功能，比如不能像它母亲那样生养若干孩子；避免了一些危害，比如离家出走和猫艾滋；天性上有一些改变，活泼与好斗减少，不再半夜号叫；获得了更多承诺，我们会抚养它直至终年。

绝育，真是个两难的选择。好比我们，学哪个专业，在哪里定居，挑选什么伴侣，是否生养孩子，什么是终极理想，都是如此。面临重大岔路口时，有舍有得。没有舍，也就没有得。有时候我们能自己选择，有时候被他人和时势左右，比如花花交到我们手里的这第五条命。

熟悉猫咪的人都知道，它们长大后会变得慵懒，每天要睡16个小时。普通的猫咪蹲着打盹，几分钟后倒伏，或趴，或盘，或侧躺，或仰面，看当时的温度和自在程度而定。花花就特别。它从蹲坐的姿态径直向前，慢慢埋头下去，双耳贴伏，头顶摩地，身体竖弓，肖然不动，能保持个把小时。它就像一个极其虔诚的佛教徒，顶礼膜拜，长时间地修行和自省。

听说在古中国，最好的音乐师都是瞎子；在古埃及，最好的预言师和巫师都是瞎子；在古波斯，连最好的细密画大师都是瞎子。眼盲，会使人们灵性增加，厉害的时候，灵魂出窍。花花可能也是如此，它的第六条命不在此间和此世。

花满楼朝东，拜阿閦佛；花满楼朝南，拜宝生佛；花满楼朝西,拜阿弥陀佛;花满楼朝北,拜不空成就佛。岁岁年年,朝朝暮暮。太阳光慢慢移动窗棂的影子,长了又短,短了又长,花花均匀地呼吸,这条命弹指而过。

第七条命,花花是实实在在和我们在一起的。这时,它是世情的搞笑版。我们称它花花、阿发、花狸狸、哗啦啦、瞎瞎、大侠(大瞎)、阿福花……它有段时间曾胖成圆墩,加上嘴角上翘,好像年画中的合和童子,又或者日本的招财猫。它蹲着的时候,有一只脚会不自觉轻微前弯,好像大象做瑜伽,逗得我们哈哈大笑。这种稍息的姿势我们从来没在第二只猫那里见过。它爱听音乐,听时会时常轻轻地拨动耳朵。

普通猫喜欢肝脏和鱼,它却喜欢蘸着肉汁的馒头,可能小时候在杂货店吃过——我们都会把童年的味觉保持终生。后来,它喜欢鸡肉味的猫粮,喜欢所有猫罐头。它从不掩埋猫沙中自己的臭臭,代之以赶快跳出来,把猫厕所一顿暴打,表示形式上已经履行职责。它很少叫唤,如果叫唤,是为了在空旷的地方回声定位。它被抱时,从不抵抗,剪指甲时,一直特乖,有布偶猫的潜质。它有时拉长身体站立,好像黄鼠狼;有时直着前腿探路,好像小锡兵。它会亲热地舔一条毯子,好像那是同类。冬天的夜晚,它有时拱进被子,就睡在我们身边。写这段时,我眼泪都快出来了。

2009年9月,花花病了。它一直还算健康,这次逐渐厌食,长达一月,开始衰弱了我们才发现。病来如山倒,一强制喂食它就呕吐，吧唧一下摔倒在自己的排泄物里。花花走起路来直转圈，我们又学了个医学术语：小脑共济失调。三见医生，医生也不知道说什么好。花花已经深度昏迷。"体温没有了，抱回去吧，安乐针都用不上。"

有时候我想，为什么花花没有在这次就离去。昏迷一天半后，为什么在我用热毛巾包着它时又恢复了体温。为什么在我们用管子喂了三个星期流食后，它又开始主动吃一点猫粮。是不忍我们的恐惧和担心？是为了让我们有一些时间来适应死亡？是用这第八条命享受秋日最后的、灿烂之极的阳光？还是仍然在说，生命永远比它看起来更坚强？

11月16日，寒流南下，气温陡降10℃，花花体力耗尽，用完了它的九条命。第二天，天空中飘下小雪粒。

我们把它安葬在了楼下的小松柏林。那里四面围栏，少有人迹。那里风声和缓，鸟鸣不断。每天下午四点多，小学放学，孩子们就在不远处的草地上打闹，笑声可闻。

花花是往生了吧。听说在极乐净土，阳光有七种颜色，猫咪都有一棵自己的猫树，是真正的大树。花花肯定蹲坐在那里，如大象做瑜伽，眼睛闪闪亮亮。它的墓里，我们放了个猫玩具，另外放了本《圆因往生经咒》，写着它没有视力也到达了的境界："心无挂碍，无挂碍故，无有恐怖，远离颠倒梦想，究竟涅槃。"

花花往生的这天，我腹中的孩子4个月大。我正对人类有了一些信心,开始敢于把我内心的小孩迎到这世上来。而花花,这个"六一"儿童节从天而降的礼物,7年以来,不断温暖地促动这个过程。这种促动,我想传递下去。它的九条命,上天暂时是全收回了,而生死轮回,我们还情系其中,谙于苦难,笑对坚持。

辑二 记得那时年纪小

少女的唇彩

安宁

16岁那年,我在杂志上发表了文章,有一个邻城的男孩写信给我,说,好喜欢你的文字。那是我第一次从一个异性那里,得到这样真诚的赞美。我的心,立刻像那娇羞的莲花,无限温柔。于是便开始了书来信往的日子,把那心底最细腻的一份情思,悄无声息地写在纸上,附上美丽的邮票,而后投进丁香树下绿色的邮筒里。那是最美好的一段年少时光吧,我的心里,充溢着欣悦和羞涩。少女的所有忧伤和欢喜、晦暗和明亮,第一次,在一个男孩子面前,花儿一样,带着初恋特有的甜蜜和清香,一瓣瓣绽放开来。

有一天,在信里,男孩子说,我们见面好吗?你来,或者我去。我握着信疯跑到操场高高的看台上,而后再一步步往下走。我终于体会到那种眩晕的感觉了,它那么真实地环绕着我,就像云朵偎依着霞光,光芒让它们无处可逃,亦不想去逃。路过一个楼梯口的镜子时,我无意中一瞥,看到的,不仅是脸上少女的红晕，还有一个衣着朴素戴了眼镜的笨拙而又毫无灵气的女生。那才是真正的我，一个除了写字再无优点可以展露的女生。文字里的我，不过是梦里渴盼的，那个有许多人喜欢的完美女孩。可是，偏偏，除了妈妈，再无人说过我是美的。老师们总是说，你这样平凡的女孩，如果不好好学习，还能做什么呢？周围的女孩子也说，看安是一个多么平淡无奇的人啊，她连唱歌都是拙劣的呢。

但我还是在男孩一次又一次的请求里，回信给他，说，好，我坐车去你的城市。信寄出去的那一刻，我便开始搬出自己所有漂亮的衣服，一件件地用清水洗，去掉那些折叠的痕迹。我又带上自己攒的钱，去眼镜店，悄悄为自己配了隐形眼镜。店主是个温和的女人，她看着我额头新冒出的旺盛的痘痘，柔声说，你这么小，戴隐形眼镜对眼睛不好的。我低头不语，只是哗哗倒出大堆的零钱，一个个数好了，转身便飞快地跑掉了。回家后妈妈看着我洗好的衣服，揉揉我乱蓬蓬的头发，说，什么时候安这么勤快了呢？我闻着衣服上太阳的香味，突然便笑了，我昂头冲妈妈撒娇，说，安真的变了吗？妈妈也笑，说，是啊，安16岁了，比以前更可爱乖巧了呢。

是妈妈的这句话，让我一下子充满了喜悦和信心。我想起那件从没有勇气穿出去的蕾丝花边的公主裙，想起可以与之搭配的浅粉色凉鞋，还有能够将头发松松挽起的紫蓝色丝带。或许，它们会让那个丑小鸭漂亮起来吧，我想。

就这样坐上了去邻城的汽车,躲在车厢角落里,掏出一面小镜子,将从妈妈梳妆台上偷偷拿来的一管口红,涂了又涂,擦了又擦。最后,是在镜子里,看到一双惊讶地看过来的眼睛,才手足无措地将口红放起来。但还是因为慌张,一道难看的红色污痕,赫然出现在洁白的裙子上。我拼命地擦啊擦,但那痕迹,却是愈来愈明显,直至最后,我终于难过地决定放弃。那时,车也慢慢地开进邻城的小站。我在小站的门口,看见一大堆来接站的男人女人,一脸的慵懒,亦一脸的灰尘。这只是一个灰扑扑的小城,并没有男孩信里描述的枝干苍劲的法国梧桐和干净清爽的青石板路,而他说过的那些沿街叫卖花儿的女子呢,怎么也全然没有痕迹?我坐在车里,看到眼睛疼了,才终于相信,他没有来,亦不会来了。因为,他或许根本就是一个比我还要自卑的男生,他撒了谎,却不像我,有勇气来面对那些善意的谎言。

悄悄地回到家,母亲正在帮我整理卧室。她依然笑着问我,安今天在学校补习功课开心吗?我走过去,从背后拥住妈妈,无声地哭了。过了许久,妈妈才回转身,温柔地问我,看见你配了隐形眼镜,是不是因为不舒服,就后悔了,所以想哭?我没有抬头,只是哽咽,说,妈妈,安在没有读大学以前,再不会因为美,戴隐形眼镜了。妈妈便拍拍我的脑袋,笑道,可是不戴眼镜的安的确漂亮呢,妈妈相信你今天一定是班里打扮得最美的女孩子,对不对?没有人比我们安,更像是公主呢!

后来有一天，我在自己的抽屉里，发现了一管崭新的美宝莲的唇彩，还有一副小巧的隐形眼镜盒。我摘下笨重的眼镜，小心翼翼地戴上隐形眼镜，又对着镜子，淡淡地涂上一层唇彩，那个素朴的我，立刻变得鲜亮润泽起来。那一天，我18岁，即将进入大学，收到的这份特殊的生日礼物，是妈妈送的。她在纸条上说，安，今天，你终于长大，可以无须再那样卑微和自怜，亦可以，勇敢无忧地去追求真正的爱情和美丽……

那个曾经自卑到试图用别人的称赞来鼓励自己的女孩，终于长大到可以拥有一管唇彩的年龄。而成长中的苦涩与疼痛，就这样在时光里，轻烟一样，从容自然地淡去。

追星记

林特特

一

那年我初二。

合肥电视台热播电视剧《人在边缘》。我没有机会看全一整集，除了周末的晚上。于是，每天晚饭时分，我会故意磨蹭会儿，进房间学习了，还时不时找个理由，一会儿出来拿杯水啦，一会儿出来上厕所啦，总之只要经过客厅，我就驻足，悄悄瞄上两眼电视，直至接到妈妈的驱逐令，才怏怏离去。

我喜欢《人在边缘》，剧情很简单，因为父辈之间的误会，导致了下一代人的爱恨情仇。主人公林奕龙由黎明扮演。他出场时，穿一件白的夹克衫，桀骜不驯地笑着，为被黑道人物红番纠缠的女主角刘静宜解围。

林奕龙和红番打起来了，他拉着刘静宜的手跑出去。他骑上摩托车，让刘静宜抱紧他，车如离弦的箭般飞驰而去。

剧中，刘静宜见林奕龙一面就忘不了他；剧外，看着这一幕，我暗暗惊呼，黎明就是白马王子！

二

我们全班都喜欢这部电视剧，为之沸腾。

那段时间，因为看不全，所以每天大家都早早去上学，一见面就交流前一天晚上看了哪些片段，再由逻辑性强的同学把所有片段组合起来，将完整的剧情叙述一遍。我们总是先交流，再早读，再交作业，于是交流、拼凑、组合、重述剧情成为一天的重头戏，上学也变得值得期盼。

前一晚《人在边缘》的经典台词，第二天总会成为全班的流行语。

一次，剧中，林奕龙买了一盒英文磁带送给刘静宜，当他发现刘静宜欺骗了他，大雨中，他掏出磁带摔在地上，大吼一声："刘静宜，你耍我！"然后扬长而去。那一刻的黎明，充满了骄傲和野蛮，看得我13岁的少女心乱跳个不停。

第二天上学，我的同桌乔一进教室就把书包往桌上一摔，我大惊，看着他。乔一甩头发："刘静宜，你耍我！"随后又解释："昨晚的《人在边缘》，整集就黎明这一句话最神气。"乔扬长而去——其实是去吃早饭，我目瞪口呆地目送着他的背影。

10分钟后，坐我前面的男生祝也来了，他也是一摔书包，回头看看大家,同样大喝一声:"刘静宜,你耍我!"我说:"你也是在学黎明吗?"祝不好意思地挠挠头,继而也扬长而去。

那一天,几乎所有男同学都在咬牙切齿地说话,然后用不同的方式表演扬长而去不回头的决绝姿态。

同学们不约而同地买了黎明的贴画。

我买了一本黎明的写真集,花光了我所有的零花钱。

数学课,我对着写真集发呆。

语文课,我对着写真集,给每一幅照片配上我写的诗。上帝也会原谅我,文字幼稚但情真意切啊!

体育课时下雨,在教室里自习,我捧着写真集,一页一页翻过去,态度虔诚,眼神中带着渴望,又有点绝望——我这辈子能见到黎明吗?

多年后,英语四级连续考了三次59分,我坐在阶梯教室里,痛苦地捧着头,突然意识到这情形是多么熟悉,就是初二那年,初次尝到的渴望和绝望混杂的感觉!

三

《人在边缘》最后两集在同一天播出。那晚,我求了又求,终于感动了我妈。但是意外出现,《人在边缘》刚播了10分钟,屏幕一黑——停电了!

一瞬间,我万念俱灰,能做的只有等待。然而,一点来电的迹象也没有，我忍不住大哭起来。

爸爸被我吵得没有办法，说："你跟我出去逛逛吧，反正停电也没办法看书了。"

我一边哭一边跟着爸爸走到楼下，电视剧到了最关键的时刻吧？林奕龙究竟有没有去报仇？有没有和刘静宜在一起？我真是操碎了心。

爸爸看着我愁眉苦脸的样子，叹口气，从车棚里推出自行车，我腾的一下坐上去……

爸爸骑了两站路，到了一个同事家。他说："我家停电，我女儿要看的电视剧今晚大结局，能不能……"爸爸的同事很客气，我的脸上泪痕未干，一边怯怯地喊着"叔叔阿姨好"，一边已安坐在椅子上，瞅着第九频道——合肥电视台，看《人在边缘》了。

爸爸和同事聊天，阿姨端上瓜子、花生，他们家还有个小妹妹一直想和我说话，我一概不理，只是痴迷地盯着电视。

大结局来了。林奕龙去报仇了，刘静宜却登了报纸，宣布这一天和他举行婚礼。婚礼开始，林奕龙迟迟没有出现。当所有的人都已绝望，婚礼将要宣布取消时，教堂的门突然打开，林奕龙走了进来。他穿着黑色的礼服，领结系得端端正正。他和刘静宜紧紧地抱在一起，然后倒下了。他的礼服被解开，露出满怀的血。

我大哭起来。

电视里，刘静宜在给阿龙做人工呼吸，她说："不会的，阿龙你不会死。"我在电视之外，也默默地呐喊："你不能死啊，你是我的白马王子。"当林奕龙渐渐活转过来，他的喉头咕咕作响，肌肉开始有活动的迹象，剧中人松了口气，我也破涕为笑。

爸爸和同事一家沉默着。爸爸不好意思地对他们解释："我女儿感情丰富……"他们笑着，可我不笑，我还没有从刚才的震动中缓过劲来，我和我的白马王子刚经历了一场生离死别！

那一晚我都没有睡好，一遍遍回味，一遍遍想着林奕龙，不对，是黎明的一颦一笑。

四

电视剧播完了，我还是喜欢黎明。

现在想来，黎明饰演的林奕龙对亲人真挚，对爱人情深，为兄弟能两肋插刀，实在是满足了我们年少时英雄主义、浪漫主义的梦。他长得又帅，说话行事极具个性，一时间男生无不效仿他的仪态姿势，女生无不为之尖叫怀春。

后来，我去买黎明的磁带，他歌唱得不好，MTV也是平平；又看他的电视剧，有突破的也不多，除了一部《今生无悔》。于是，在我的心里，偶像黎明便永远定格为《人在边缘》里阿龙的形象——他戴着墨镜，走在街道上，轻轻碰一下刘静宜的肩,或在雨夜大喝一声:"刘静宜,你耍我!"

再后来,一切就淡了。成长那么快,爱好越来越多,我和一起迷恋过黎明及各类明星的同学们一样,渐渐发现电视、电影里的故事都只是小说家的梦,我们也越来越不相信梦。

直至有一天,我和同事一起看电影《梅兰芳》。

黎明出场了。我突然想起17年前追星的夏天。

黎明的脸上有了岁月的痕迹,他不再暴戾,失去了桀骜不驯的气质特征,就像每个棱角分明的青年最终都会步入斯文、平静、隐忍的中年。

大屏幕上,孟晓冬和黎明扮演的梅兰芳在作别。

大屏幕下,我的眼眶有些发热——为情节,为曾经的白马王子,为一度浓烈噬人的暗恋,还有再也回不去的恰同学少年。

记得那时年纪小

肖复兴

小玉是游家的独女。在我们大院里,游家是个奇怪的人家。我们的大院很老了,据说前清时就有了。原来门房是不住人的,那只是一个过道,是存放车马的地方。他家来了,才借着一面山墙隔成了一间房子。游家是老住户了,刚搬进来时,小玉还没满周岁,那时,大院的主人已经破落,缺钱,要不怎么也不会没多少租金就把门房租给人住。游家朝北开了一扇门,朝南开了一扇窗,屋子里挺暗的,但因为原来门道长,虽说是一间,开间并不算小。拉个帘子,里面住人,外面的门正好每天早晨卖油条。

游家的油条在我们那一条街上是有名的,炸得松、软、脆、香、透,这五字诀,全是靠着游家大叔的看家本事。和面加白矾,是第一关;油锅的温度是第二关;油条炸的火候是最后一道关。看似简单的油条,让游家炸得跟个艺术品似的,满街闻名。游家只卖油条,不卖豆浆,因为生意好,照样赚钱。

如果不是后来小玉长大了，知道美，要穿要戴了，光炸油条不足以维持生计，游家也不会在朝南的窗台上安了一部公用电话，再多挣点钱给小玉花。那也是我们那条街上的第一部公用电话，附近的人都上游家打电话。

游大叔长得矮小如武大郎，而且驼背，因为姓游，人称"罗锅油条"；游大嫂胖如水桶，人称"油条胖嫂"。这绰号只是玩笑，并不带贬义，叫的人、听的人也都没有在意，就叫开了。这样的一对儿生出的小玉，却是貌似天仙，越长越是亭亭玉立，让谁也不相信小玉是他们亲生的。不过，这都是大家的猜测。小玉小时候就出落一双长腿，院子里的大人给她起的外号是：刀螂腿小玉。刀螂，如今难找了，那时，夏天在我们院子里常能够见到，绿绿的，特别好看，那腿确实长，长得动人无比，不动时，像一块绿玉雕刻成的工艺品。

小玉那时候也没有体会出自己这双长腿的价值，她的学习成绩比较糟，尤其是数学从来就没及格过。在学校里有不少男生追她，她都一概不理，她只有一门心思，就是练跑步。那时她已经是三级运动员了，如果能够练到二级，她就能够在高中时被保送到女一中，那也是北京十大市重点中学之一。如果能够练到一级，她就能进北京市的专业运动队，不仅再不用自己花钱买回力牌的球鞋，还可以吃住在先农坛，彻底离开家，她早闻腻了炸油条的味道了。

她那时想的就是这样简单，根本没有想到初三这一年她遇到了大华。

大华是我们院的街坊,上初二。有一天放学,大华在我们学校门口等我,我见他怪怪的样子,好像有什么心事。他说:"我带你到东单体育场!"他拉着我就走。那里离学校不远,出东口往北走一里地就是。那时的东单体育场很空旷,业余体校和一般人都在那儿玩。我们坐在大杨树下看一帮男女绕着圈在跑步。他指着他们冲我喊:"你看!你看!"我不知道他让我看什么,但我很快在跑步的人中看到了刀螂腿小玉。这有什么奇怪的呢?到这儿就是为了看她的吗?要看天天可以看得见。

大华对我说:"你说奇怪不奇怪,我怎么就一直没注意到她呢?"

我对他说:"她都上初三了,比你高一级,井水不犯河水,你怎么注意得到?"

他却连连对我说:"这家伙了不得,跑得真快!你看她腿,真长!"敬佩之情,发自肺腑。

自从那天在东单体育场看完小玉的训练后,大华天天早晨买她家的油条不说,还天天晚上跑出来打公共电话。那时,打一次电话是三分钱,买一根油条也是三分钱,那时的三分钱是一根冰棍、一张中山公园的门票、一个田字格本,或是一支中华牌铅笔的钱,对于我这样一个月家里只给两毛钱零花钱的人来说,每天要消耗6分钱,用不了四天就花光了。大华总能够从家里磨到钱，钱对于大华不成问题，对比大院里的穷孩子，他家是富裕的。况且因为他的父母在山西工作，他从小跟着姥姥长大，姥姥惯他，要钱就给。但每天都打电话，给谁打？一个初二的学生，有什么电话要每天打？

有时，他只是拨121问个天气，拨117问个时间，有时拨半天拨不通，就自己对着话筒瞎说一气，自说自话的样子，非常可笑。我知道，他是醉翁之意不在酒，不过是借机会看看小玉。但小玉连个招呼和正脸都不给他，只埋头写作业，或是看见他又在窗口出现了，而且又是对着话筒，像啃猪蹄子似的，一个劲儿地没完没了，她心烦地把书本往桌子上一摔，扭头就出了门。

好心的游大叔问他怎么总打电话，他含混地支吾着，被游大叔问得没辙了，只好说是给他妈打的，要不就说等个电话，总也不来，打电话催催她。一听是给他妈打电话，好心的游大叔还能够再说什么呢？就说等有电话来我叫你，省得你总跑。

他照样乐此不疲，几乎天天狗皮膏药一样贴在人家的电话机上，几乎天天把小玉气得摔门走出屋子，空留下电话里一片杂乱的忙音。

有一天晚上，满院子传来叫喊声："滕大华，电话！"由于那时已经很晚了，院子里很静，大院里便响起了很响亮的回声。

大华一时没反应过来，每天都是他自己在瞎打电话，并没有真正给什么人打通过。谁会给他打电话呢？会真的是他妈妈吗？

"滕大华，电话！"

满院子还在回响着喊叫声。

他一跑三颠地冲出屋，跑到游家。哪里有他的电话，那电话像是睡着的一只老猫，正蜷缩在游家的窗台上。

他问正在屋子里做功课的小玉："是有我的电话吗？"

小玉给他一个后背，理也不理他。

他问游大叔："是有我的电话吗？"

游大叔驼着背向他走过来说："没有呀！有，我会叫你的。"

他根本没有分辨清，那是我装成大人的声音在叫喊，故意逗他呢。他那点儿花花肠子，早让我看出来了。

都说往事如烟，人长大了，日子更是被风吹着的一阵烟似的，过得飞快，远比当年刀螂腿小玉跑得还要快。童年，一下子显得那样的遥远，远得像是一个缥缈的梦。

想想，已经过去了四十多年，如今，我们童年住过的大院还在，但大院里的人好多已经不在了。"文化大革命"中，我离开了大院，去北大荒插队，大华去了山西找他父母，只有小玉留在北京。不过，她到底没有当成专业的运动员，而是草草地出嫁，嫁给了一个工人。她比大华大1岁，比我大4岁，嫁人早，也是情理之中的事情。我从北大荒刚刚回到北京的时候，曾经在大街上见过她一次。她正推着自行车，车座上驮着她的女儿，那时，她的女儿也就四五岁的样子，可惜没有她小时候的那一双长腿。我对她说起当年大华总到她家打电话的事，又说起我装成大人的声音逗大华玩的事。她哈哈大笑，惹得她女儿莫名其妙地看看她妈，又看看我。

只是我和小玉都再也没有见过大华，想象不出现在的他是什么样子了。

解 放 日

范晓波

囚犯：范晓波。

年龄：15.5岁。

入狱原因：年轻和考大学。

刑期：1985年9月1日—1988年7月9日下午5点30分左右（如果服刑期间表现不好，刑期将延长1—N年）。

服刑地点：鄱阳中学。

监号：教工宿舍267号牢房。

我是在卖弄幽默吗？如果真是这样，在1985年秋天，这个幽默在我脸上制造的微笑也是黑色的。其实，我本色性格是酸（不是文学青年型的也至少是艺术青年型的）而不是幽默，冯小刚老师说过：幽默是一种劳动态度。在1985年，我尚缺乏如此优雅的劳动态度。前面那段宣判词可算是对于当时许多内心独白的一种戏剧化归纳。"267号牢房"这几个字则是用粉笔写在我住的房间门上的。从那个年头熬过来的狱友们都能意会，这个灵感是从课本上一个名叫伏契克的外国人那里来的。

那间房是学校分给我爸中午休息用的。1986年前我们一家还住在鄱阳一中的宿舍里。我父亲上完课就回一中去,这个房间就成了我的书房和牢房。它位于年头很久的盒子间的西端,木地板,高天花板,时间的霉味从地板缝里往上蒸发,我总怀疑脚底踩着一个令人瞠目的未知王国(鼠国或蜈蚣国)。在那样的房子里,血液的流速明显减慢,我甚至能看见它的颜色由鲜红沉淀为暗红。

高一刚入校时,我的成绩还是很不错的,这是初中最后一年奋发图强攒下的利息。几个月之后,利息吃完了,我的成绩从前5名降到了前10名。我没有采取任何补救措施,按照当时的形势,能在班上保持前10名,考大学是绝对不会有问题的,只是录取学校好坏的差别。这个差别对我来讲是没有意义的,我的目标是尽快熬到1988年7月9号,能考上中专也行。我如此没上进心的原因之一是:我不幸染上了文学这个1980年代的流行病。另一个原因是:我已经察觉到每天在课堂上学习的那些东西并不是人生必需品,顶多只是高考的必需品。它们如此无用却剥夺了我的自由和快乐,它们是用来囚禁我的21条军规。

我18岁以前的理想比地面还低,不奢望辉煌,只苛求正常。我认为能像个普通的成年人那样生活就是最大的幸福:有一份工作(无论贵贱,能维持生存就行),可以随性地看电视和电影,不时去阳光和月光下散步,有了喜欢的姑娘就谈谈恋爱。每次上街或站在教学楼上远眺节日的街衢,我就会想起朱自清在《荷塘月色》里的叹息——"但热闹是他们的!我什么也没有。"朱自清的语气有点伤感,我则是悲愤,那种每个细胞都上了镣铐的压抑和被压抑反弹得更强烈的对于正常生活的渴念。

三年中,学校只在高一时组织过一次春游,步行去十里外的风雨山,进行一场爬山和拔河比赛就回来。情节极其单调,对我却是盛大的节日,一个月之前就开始倒计时,最后一个星期天天听天气预报。春游的前一天,遇到瞎子热心去扶,看见仇人也微笑。晚上几乎失眠,不断跑到屋外观察星象,望见星星觉得它们比钻石还珍贵。春游回来的路上,我落在队伍的最后头,失恋般的沮丧和伤感游荡在血管里,企图用迟缓的步伐挽留瞬间消失的自由。

另一次集体出行是学校发动我们去电厂运煤渣铺田径场。电厂在郊区的鄱阳大桥边,这是我们平时不大可能到达的深入社会的距离。男男女女在圩堤的斜坡上站成数排,把坡底的煤渣一簸箕一簸箕传递到堤面的卡车上。粘着女生汗液的簸箕传递到男生手里,待会又粘着男生的汗液传回女生手里,这是当时男女生最近的接触。我看到大家的脸都被某种隐秘的想象烧得红彤彤的,一个个都争当劳模。郊外的天空比学校的要蓝好多倍,植物们在凉风中舒展柔韧的腰肢,稻穗们你推我搡向天际奔涌,望得我的眼睛直发潮。晚上回来,舍不得清洗鞋底的黄泥巴，觉得它的颜色真美。那天的日记我写了三四页纸，这是重大新闻的报道篇幅。

我还没有谈恋爱的野心，那样我会被当教师的父母逐出家门。我只是不再害怕和女生交往。

一个学舞蹈的女生，邀请我一起参加学校的文艺节。一开始是排练集体舞，在食堂地面倾斜的餐厅里。和我配对的是一个身材高挑的文弱女生，我和她之间有一个拉手的动作，这个简单的动作因我的怯懦和慌乱排了许多遍都不过关。我动作僵硬，像是伸手去摸电门，把青年舞跳成老年舞。节目最后没排成。那是我此生第一次拉女孩的手，她的手指温软滑腻，和我握过的所有男生的手在质感上有天壤之别，这个印象至今挥之不去。

真正排上节目单的是歌舞表演，我和一个女生对唱《十五的月亮》，那个学舞蹈的女生和一个男生给我们伴舞。当时是高一下学期，班主任对课外活动还比较支持，排练的过程很认真，开始在学校练，后来班主任请了校外的辅导老师去他家里合练。他家当时在校外一个黑洞洞的老宅里，我们在院子里排练《十五的月亮》时，黄澄澄的月亮就挂在泡桐树的树梢中间，有种脱离实际的美。四个人经过黑暗的胡同回家时，大家故意走得很慢。那样的黑暗，在心里投射的却是微微颤动的光明。

演出还算成功。此后，我无法适应狂欢之后的平淡生活，对读书的热情已降到了冰点。高二以后，学校取消了所有娱乐活动。父母也搬到鄢中的宿舍里，加大了对我的监控力度。我把大部分热情转移到读小说和写作上，似乎文科班不用考大学而是培养作家的。

老师推荐阅读《钢铁是怎样炼成的》是想让我们懂得"革命意志是怎样炼成的"，我却把它当作"爱情是怎样炼成的"来钻研。保尔和冬妮娅的那些章节被翻皱了，一打开就是那里，似乎它们已经形成了独立的一本书。我被他们的爱情感动得热泪盈眶，并深感自己生不逢时，渴望回到那个热血沸腾的革命时代，那样我就不用考大学，就可以在战火中燃烧青春和爱情。《百花洲》是一次作文比赛的奖品，台湾作家高阳写的一部反映明朝南昌宁王叛乱的历史小说，我怀疑是颁奖老师想看它才买来阅读然后发给我的。我原本对这个题材不感兴趣，发现里面有唐伯虎和宁王妃的爱情后，我被高阳伤感湿润的江南风格的文字深深吸引了。我在这本书上做的读书笔记比语文课本上的还多。我跟着唐伯虎一起爱上了美貌多情的宁王妃，也顺便爱上了那些由残月、烛火、香、藏头诗、暗红的灯笼和后花园组成的古代的夜晚。我把这本书当作我的后花园，不断地从现实中翻墙而出，在后花园的暗香里想念春天。

1988年春节之后，高考的气氛布满校园的每个角落，即使蹲在公共厕所里，也能听见有人在背英语单词和甲午战争时中国赔了多少万两银子。许多同学为了最后的冲刺，租住到校外的民房里。

离刑满释放的日子不远了,我的成绩已掉到了全班13至15名。如果能保持这个水平,录取也是不成问题的,但是能否保持我却不大有把握了。我的文学烧已发得很高了,高考前一个月还发表了一篇小说。看到样报,先是欣喜,然后是深深的恐惧。

我当时的目标很低了,浮在水面一直坚持到高考那天。

同学们开始展望解放后的美好未来,设计大学的生活和更远些的职业,有时我也去他们的出租屋里接受熏陶。初夏时节,风摸在脸上的手指轻微地发烫,一群年轻人东倒西歪地坐在房子里,眯着眼睛互相倾吐心事。一个看上去最本分的小个子同学宣告,只要高中一毕业,就立即选修爱情课。我们商定7月9日最后一场考试结束后搞一次狂欢,踢球或者通宵喝酒。不需要啤酒,黄昏的空气里似乎掺和着酒精。那种对即将到来的未来的迷信和憧憬,在电影《这里的黎明静悄悄》里那帮战斗前夕展望战后生活的女兵脸上也出现过。

我每天傍晚都要到河边的码头去看对岸的杨树林和圩堤上一条通向远方的小路。对我而言那里是最近的远方,我从未去过那里。我想,7月9日一过,我就将拥有眼前的这一切。

最后一次摸底考试,我仍在前16名内,录取还是有把握的。我下决心把文学封冻在抽屉里,我不想在曙光到来前夕犯错延长刑期。政史地虽然背不进去,课本还是像广告牌一样每天摆在眼前。

离高考还有十几天,我不再担心自己的实力,转而为临场的发挥深感忧虑。我怕看到那些决定我一生幸福的试题时会无法控制自己的情绪。在做1987年的高考试卷时,我几乎没法集中精力看完一道题,我不停地在心里感叹事情的荒谬:难道就是这些东西在对我们进行宣判吗?每次模拟考试时,这种情绪都会耽误许多审题时间,我怀疑在最关键的日子注意力会发生技术性发抖——你越是想准确地用线穿过针眼,越是很难对准。这种担心变成了心理强迫症,几乎要摧毁我的睡眠和自信。

最后的几天,我做好了最坏的打算:如果发挥出了问题,我也坚决不延长刑期,干脆离家出走,一边做漆匠,一边写作。1980年代,写作是所有苦难者的精神稻草。大概是1987年暑假,我看过一个电视剧:一个农村青年高考落榜后,学了一手木工活,凭着手艺走村串户地流浪,同时坚持文学创作,白天给东家干活,晚上就一个人躲在阁楼上看书写东西。有一次遇到东家的漂亮女儿从大学回来过暑假。女孩学的是中文,被小木匠的毅力和才华所吸引,最后酝酿出了纯美的爱情。这种浪漫剧是专门拍给广大落榜青年看的,我却轻易相信了它的必然性。我父亲在恢复高考前是名气很大的漆匠,从遗传学的角度分析,我做一个小漆匠应该是没问题的,碰上一个漂亮且欣赏自己的东家女儿也应该是迟早的事。这个打算最后拯救了我,考试前一天晚上,我虽被感冒折磨,心却一下子平静起来。

　　7月9日下午5点30分,我走出考场时,对考取大专已有了把握。我站在操场上等待疯狂庆典的出现,但我的那些同学一瞬间都蒸发得不见了踪影。操场上仅剩的几个人像丢了魂似的,互相看见什么话也不说,然后几乎是无声地各自走出校门。我一个人在曲终人散的空地上发了很久的呆,心里安静得似乎这是18年来最寻常的日子。然后,我异常沮丧地拖着自己的双腿,无趣地向家里走去。

　　多年以后我回忆起那个不可思议的时刻,联想起纪录片里盟军打开奥斯威辛集中营大门的情景。那些突然迎来解放日的人们,走出集中营大门时,没有一个人露出惊喜的笑容。他们目光呆滞,迷茫地望着被砸烂锁链的狱门,脚步移动得十分犹疑。似乎,自由比不自由更让他们不知所措。

18岁那年曾远行

雪小禅

那年,我18岁。高三,黑色的七月。

落了榜,雨季就来了。

好像是没完没了了,雨一直在下。我只差3分就上线了,老师说我上重点都没有问题的,可我却落榜了。

看榜回来就病了。父亲说带我去北京买上次没舍得买的那条裙子,母亲煮了我爱喝的红枣汤。

可我仍旧在发烧。当时还是住平房,院子里有两棵枣树,在窗前,已经结了枣。雨一落,枣树的叶子上便有许多雨滴,一滴滴落下来,倒像是眼泪,掉到了我心里。

我知道自己是为什么落榜的。

高三那年,迷上了写小说,迷上了一个英俊的少年。在雨中的合欢树下,我把写着喜欢他的纸条递给他,转身跑了,等了又等,等了又等,合欢花都落尽了,他也没有答我。

想必我是不好看的,或者在他眼中不是玫瑰,只是一株平常的草。

霸州一中的院子里有太多的合欢树，后来，它们成了我的一个青春情结。我在许多小说中提到了合欢树，一树一树的花开了，粉红的、伞状的，在六七月份，分外的芬芳。

树下那个忧郁的少女开始发表一些零散的东西，在报纸上，在当年的《河北文学》上，完全是文学女青年的形象。

当时也是学校的名人了，因为别人会直呼我的笔名，而且，我的学习成绩不错，被老师寄予厚望。

可是，我落榜了。

这是不争的事实。许多平常不如我的同学考上了大学，她们兴高采烈地来找我玩，商量买什么样的旅行包去旅行。其实她们并无恶意，但在我听来，却是如芒在背。

到哪里去呢？

去姑妈家？去乡下的外婆家？一定也会被问起高考的事情。到哪里也逃不了，出去就有人问，考上了吗？多少分？

已经快崩溃掉了。

才女立刻变成了被人同情的对象，何况，那个男孩子对我的伤害也在心里隐隐作痛，我只感觉到世界这么小，到处是雨季，没完没了的雨季。

父亲已经在给我张罗去当兵的事。母亲说，如果成不了，就去新华书店上班吧。

而读大学，仿佛已经是一个遥远的梦了。

我哭了很多次。戴着耳机听齐秦，那些感伤的歌曲每一首都像是写给我的，特别是那首《狼》，总让我想爆发，想对全世界呐喊。

可我仍然哪里也去不了，仍然有同学来找。

绝望和颓废让我真的快崩溃了，不过几天，我瘦了十多斤！

那天，依然在下雨，父母都去上班了，我忽然有了一个念头：我要离开这里，越远越好，这个地方，实在不能待了！

说干就干！我找了几件衣服，然后把母亲钱包里所有的钱全掏干净了，大概有七八十块的样子。我给他们留了一张纸条：我去散心了，不要找我，我没事的，会回来的。

其实我也不知道自己要去哪里，反正，我就是要走，不能留在霸州了，这个地方太可怕了！

我骑着自行车出了门，一直往东骑，东边是天津，去天津吗？在上了那辆半新不旧的斯普瑞克之前，我还在犹豫去哪里；在上了自行车之后，我决定了，我要去北戴河，我要去看大海！

之前，我骑车最远去过白洋淀，白洋淀离我家只有60公里，还是和同学一起去的。我曾经说过很多次要去看大海，但我说了好多年，一直停留在嘴上。

我决定了，18岁这年，我要去看大海。

我的心情还是非常沉重，眼睛里一片模糊。我有些伤感，却觉得自由了，终于没有人问我分数了，终于没有人问我是不是考上大学了。

一直向东，我的腿开始发沉，嘴开始发干，但我一直坚持着。出太阳了，很毒的太阳，道上只有我一个人，我一个人向东，一直向东。

那时路上很少有卖水的，像我这样的骑车人几乎没有，来回过的也都是大卡车，我骑着，不知哪里是尽头。

晚上，当我下车之后，我差点趴倒在地上。到了天津，我住进一家叫建华的小旅馆，住一夜只要5块钱。进了门，我趴到水龙头下面喝了一肚子凉水，之后，倒在床上。

吃的是凉皮，再加上喝凉水，我开始拉肚子。幸亏老板好，找来了氟哌酸让我吃，也幸亏我年轻，第二天早晨就好了。老板说，傻孩子，你这是要到哪儿去？你看你的车胎全给扎了，还有，车轮也得修。

我给了他3块钱，他找人修了我的自行车，然后说，带上一瓶水吧。我舍不得花钱买，他就给了我一瓶凉白开，然后告诉我，路上小心。

事隔多年，我仍然记得他给我的氟哌酸和凉白开，后来我多次去天津，却再也没看到那家小旅馆，大概早就拆了吧？

到达山海关时，我又黑又瘦，那已经是两天以后了。

当我看到"天下第一关"几个字时，我把自己那辆破自行车举过了头顶。年轻的时候，我是多么有劲又多么狂热啊！

我看到了大海!

一个没有见过大海的人终于看到了大海!

如果一个人只是在想象中看大海,那么,大海只是很大很蓝。可是,当我真正看到大海时,才发现不是那么回事。

大海,更像一滴巨大的眼泪,它落在了地球上。

我躺在海边的沙滩上,忽然觉得有什么东西热热的,一直流进我的耳朵里。开始我只是默默流泪,后来,我干脆放声大哭,哭的声音很快被海浪淹没了。和那些咆哮的海浪比起来,我的哭声是那样小,甚至,微不足道。

很难说清那是一种什么心境,刹那间,我似小僧悟道,心境清明了。"面朝大海,春暖花开。"那时我正读海子的诗,而这句诗后来被广泛滥用,但在那一年,没有人比我更懂得它的真正含义。

我就在海边一直待了3天,几乎花完了所有的钱,买了好多珍珠项链,捡了好多贝壳。我无比地迷恋着海,看着海浪退了来来了退,我想通了,人生也是如此,进进退退,不可能一直向前的。我也决定了,回去复读!尽管我那么不愿意上"高四"!虽然我要低下头忍耐一年,可是,我真的想读大学!

回到家时,父母哭了。

他们没有打我。母亲的头发白了好多,父亲瘦了十几斤,他们登了寻人启事,四处找我。母亲抱着我哭了,我却傻笑着,递给她自己从北戴河花几块钱买的珍珠项链。我说,妈,戴上,准好看。

第二年的七月,我考上了大学。整整一年,我没写小说,做了一年书呆子。我是看了海浪之后明白的,人生,是需要进进退退的。

上大学后,我重操旧业,写小说,然后,开始了真正的恋爱,也轰轰烈烈,也缠绵悱恻。几年之后,我出了五六本书,后来有人问我,你是一直这么坚持的吗?

我笑着告诉她,我曾经放弃过,因为放弃是为了更好地往前走。

感谢18岁那年的远行,它让我明白,有些人生必得经历挫折,有些花儿必得等待春天。虽然有些花儿的春天来得晚一些,但每一朵花儿,必有它自己花开的模样。

当我年轻幼稚的时候

王樽

当我年轻幼稚的时候,曾注意铭记和咀嚼各种人的教诲。

看苏联电影《牛虻》时,我还在部队里当兵。我不大喜欢这部片子,主要是觉得它太过戏剧化和说教。我尤其受不了牛虻动不动就慷慨陈词,朗诵誓死不与资产阶级同流合污之类的台词。不知为何,我对影片中一些反面人物对牛虻的劝诫却能欣然接受,觉得那些话入情入理,至少平实朴素,贴近生活本质。多年后,我想到自己这些不合时宜的"接受美学",惊奇地发现,这其实是一个时代曾经很普遍的文化现象,在不少红色经典里,那些表现反派"腐朽人生观"的细节和台词总比某些英雄的豪言壮语留给观众的记忆更深刻。

那时不明白,现在想来似乎很简单,因为反派人物的塑造更少顾忌,可以肆无忌惮地描绘他们的狡诈险恶,可以将世态的炎凉、生活的丑恶尽情宣泄。也因此,他们的言行更贴近真相,给涉世尚浅的我们以更深的刺激和启迪。后来,我还发现，即使是在一些古典名著里，也有此类规律。比如，巴尔扎克、果戈理作品中的那些囚犯、坏蛋，他们对生活的诅咒嘲讽常常让人有醍醐灌顶的豁然。我甚至曾将巴尔扎克《幻灭》中刚出狱的"强人"教导吕西安的大段对白抄下来揣摩，那些直奔主题的话语，对照着被粉饰的现实总能令我警醒。

几年前的某一天，在深圳的一家街边小书店，我翻开一本书，开头的文字立即吸引了我：

我年纪还轻，阅历不深的时候，我父亲教导过我一句话，我至今还念念不忘。

"每逢你想要批评任何人的时候，"他对我说，"你就记住，这个世界上所有的人，并不是个个都有你那些优越条件。"

他没再说别的。但是，我们父子之间话虽不多，却一向是非常通气的，因此我明白他的意思远远不止那一句话。久而久之，我就惯于对所有的人都保留判断，这个习惯使得许多孤僻的人肯跟我讲心里话，也使我成为不少爱唠叨的、惹人厌烦的人的受害者……

这是菲茨杰拉德的小说《了不起的盖茨比》的开头，我在书店里，街上正淅淅沥沥下着雨，一个身着蔚蓝色制服的空姐站在门前，她好像在等车，撑着一把红绸伞朝远处张望着。此情此景，让我恍在梦中。我反复看这本小说的开头，文字一行行飘过眼前，仿佛岁月在倒流，直看到少年的自己落寞地从雨中走过，在书店的门前踌躇。这本书的开头击中了我，既深得我心又隐隐约约感到稍欠达意。接下来的文字，是解释别人的绝大多数隐私都不是"我"刻意打听来的，而是不经意间的意外或别人主动的倾诉。我还不是十分清楚它为什么打动我，好像是从这自叙的文字中看到了早年的自己。遗憾的是，文字的表述似乎有些疙瘩，我怀疑其译文的流畅，开头三句话竟出现了四个"我"字，用"优越的条件"一词指人的秉性和天赋似也不甚妥当。我没有买这本书，因为我下意识地觉得应该有更好的译本。

此后，我陆续又见过该书的几个译本，译文当然各有长短，但比照阅读却像面对不同的书。小说的英文原名为"The Great Gatsby"，直译应是《伟大的盖茨比》，小说以旁观者尼克的角度叙述，伟大、了不起，或者大人物、大款、大腕儿，都属于年轻人尼克对盖茨比观察得出的结论。经由不同的翻译，一个人的视角就变成了多个视角。从这些不同译本中，我隐约看到他们塑造的"我"是多么不同，而这个"我"与自己的秉性有诸多相似之处，这激起我极大的阅读欲，但面对缤纷的译文却使我无所适从，不知哪个译本更值得信任。

前不久，我看了根据这部小说改编的电影，英文名完全未变，译成中文却是《大亨小传》。该片由大导演科波拉改编剧本，克雷顿执导，是一部好莱坞当年炙手可热的大片。我是在影片完成多年后才通过DVD看到的，就像看了太多译文，我对其将信将疑，虽兴味盎然，但已没有惊喜。电影保留了原作的叙述视角，以第一人称叙述整个故事，透过耶鲁大学毕业生尼克的眼睛，描绘了20世纪20年代纽约长岛的世态人情。电影开头的道白和小说几乎完全一样，移民东部的沉静青年尼克因缘际会成为"大款盖茨比"的邻居和倾听者，他旁观和见证了盖茨比与堂妹黛西以及大学同学汤姆的三角恋纠纷。尼克的叙述视角让故事充满扣人心弦的魅力：盖茨比有着谜一样的出生背景、奢侈豪华的物欲生活，但却极其孤独，他心中始终对初恋情人黛西怀有不变的爱情梦想。盖茨比像中国古代的富豪石崇一样，宴会不断、大肆铺张，但他费尽心思的一切奢侈却都不是为自己享乐，而是要重现与黛西的未果情缘。而生于富有家庭的黛西只是徒有美貌，她嫌贫爱富，浅薄而神经质，势利而寡情，一厢情愿的盖茨比最终被黛西的丈夫汤姆阴谋暗害。他含冤而死，却根本不知道自己痴爱的女人早就背叛了他。而那女人制造的车祸，以及她丈夫与人通奸的孽债都压到了盖茨比身上，他成了彻头彻尾的替罪羊。

应该说，小说和电影都揭示了人生的冷酷、无奈和人性的虚无，但两者都不约而同地通过叙述者之口让人相信未来：未来曾经从我们手中溜过，但没关系——明天会跑得更快，我们的双手会伸得更长……总有一个美好的早晨在等着我们。结论是,只要坚韧不拔地去追求,就能享受成功的喜悦。

如果在我年轻幼稚的时候,这些陈词滥调可能会让我热血沸腾,但现在的我听到它们,心中只有窃笑。事实上,影片本身恰是这些话的反注:盖茨比曾坚持理想、坚守爱情,结果冤死了都不知原因,他个人的悲惨结局,给了这个光明畅想一记响亮的耳光。

当我年轻幼稚的时候,特别喜欢听人教诲,总觉得任何教诲都可能使我在生活中少犯错误;当我不再年轻幼稚的时候,太多的教诲令我迷乱,就像五花八门的译文或改编电影,他们多是在自说自话,很少能真正适合于你。

桃花流水窅然去

丁立梅

小桥、流水、凉亭，茂密的垂柳沿河岸长着，树干粗壮，上面布满褐色的皱纹，一看就是上了年纪的。桥这边一排平房，青砖黛瓦木头窗。桥那边一排平房，同样的青砖黛瓦木头窗。门一律漆成枣红色。房前都有长长的走廊，圆拱门连着，敞开的隧道似的。还有长着法国梧桐的大院落，梧桐棵棵都壮硕得很，绿顶如盖。老人们说，当年这地方是一个姓戴的地主家的大宅院，土改后收归公家所有，几经周折，最后改成了学校。周围六七个庄子的孩子，升上初中了，都集中到这儿来读书。门牌简单朴实，黑漆字写在白板子上——戴庄中学。

我念初中的时候，每日走上六七里地，到这个中学来读书。都是十三四岁的孩子，今儿见着，还瘦小着呢，明儿再见，那个子已蹿得跟棵小白杨似的。我也在不断地长着个头。母亲翻出旧年的衣衫给我穿，袖子嫌短了，衣摆不够长了。母亲在衣袖上接上一块，在下摆处也接上一块，用灰的布条或蓝的布条。我穿着这样的衣裳,走在一群衣着齐整的同学中间,内心自卑得如同倒伏在地的小草。

有个女生,家境优越。做教师的父亲帮她买漂亮的裙子,还有围巾。春天了,小河两岸的垂柳绿得人心里发痒。我们的心,也跟着长出绿苞苞来,有欣喜,有疼痛,都是莫名的。课间休息,那个女生,从小桥那头走过来,颈上系一条玫瑰红的围巾,风吹拂着她的围巾,飘成空中美丽的虹。她的头顶上,垂下无数根绿丝绦。红的色彩,绿的色彩,把她衬托得像画中人。我确信,那会儿,全校同学的目光,都落在她的身上。我渴盼也有条那样的围巾,玫瑰红,花瓣般的柔软。但以我家当时的经济条件,那是遥不可及的梦想。

我变得忧伤,变得不爱说话,即使被老师喊起来回答问题,声音也小得跟蚊子似的。班上男生女生打闹成一片,唯独我是孤独的。男生们给女生们取绰号,他们嘻嘻哈哈地叫,女生们嘻嘻哈哈地应。但他们愣是没给我取绰号,让我时刻提着一颗心,担心他们在背地里取笑我。一天,同桌突然告诉我:"你也有绰号的呀,你的绰号叫小胖。"我的心,在那一刻黑沉沉地往下掉,掉到看不见的地方去了。

地理课上,老师在讲台前讲得眉飞色舞。底下的学生,却自顾自地说着话。老师管不了,气得摔了书本。我前排的男生学着他摔书本,不小心带动桌上的墨水瓶,墨水飞起来,不偏不倚,洒了我一身。如果换了一个人,或许我不会那么难过,可偏偏洒我墨水的男生，是我一直暗暗喜欢的。他长得帅气，成绩好，歌唱得也好，还会吹笛子。虽然他一再道歉，于我，却是莫大的伤害，我坚定地认为他是故意的。从此看见他，跟仇人似的，心却痛得无处安放。

上美术课了，老师在黑板上画了一株桃花，让我们仿画。一缕春风从敞开的窗户吹进来，吹动我们的书本，有燕子在窗外呢喃。我的心，在那一刻想逃走，逃得远远的。我想起跟父亲去老街时，看见老街附近有一片桃园，那时，桃正蜜甜在树上。若是万朵桃花一齐怒放，会是什么样子？我想知道。

我突然就坐不住了，春风里仿佛伸出无数双手，把我往校园外拽。我不要再见到玫瑰红的围巾，别人有，而我没有；不要再见到前排的那个男生，他总是嬉皮笑脸，露出一口洁白的牙；不要再见到秃顶的英语老师，目光从镜片后射出来，严厉地盯着我问："'今天天气如何'怎么翻译？"

我要去看那些桃花。这想法让我兴奋。我努力按捺住跳动的心，把下午两节课挨下来。两节课后是活动课，大多数同学都到操场上玩去了，我溜出校门。满眼是碧绿的麦子、金黄的油菜花，人家的房，隐在排山倒海的绿里面、黄里面。风吹得人想飞。我一路狂奔，向着那片桃花地。

半路上，遇到一只小狗。它蹲在路边看我，我也看它，我们的信任几乎是在一瞬间达成。起初它离我有几尺远，后来，干脆绕到我的脚边。我临时给它起了个名副其实的名字——"小狗"。我叫："小狗。"它就朝我摇摇尾巴，好像很满意我这叫法。我们一路相伴着走，一人，一狗，阳光照着，很暖和。

当大片的桃花映入我的眼帘时，天已暮。一树一树的桃花，铺成一树一树粉粉的红，仿佛流淌的河，静静地，朝着夜幕深处流去，看得我想哭。有归家的农人，从桃园边过，他们不看桃花，他们看着我，奇怪地问："孩子，你找谁？"

我摇着头，走开。我在心里说，我不找谁，我只找桃花。

那一晚，我一直在桃园边游荡，陪着我的，是那条半路相遇的小狗。走累了，我们钻进桃园，倚着一棵桃树睡了，并不觉得害怕。

第二天清早，我原路返回，小狗一直跟着我。在校门口，我蹲下身子，抱住它的头，不得不跟它说再见。我后来进校园，回头，看到它蹲在校门口看我，眼睛里充满不舍，还有忧伤。

学校里早就闹翻了天，因为我的离校出走。母亲一夜未睡，在外面无头无绪地找了大半宿，一屁股跌坐在教室外的台阶上，哭。当看到我出现时，母亲又惊又怒。所有人都来追问我到底去了哪里，为什么要离校出走。他们问，我就哭，哭得上气不接下气，哭得他们反过来劝我不要哭了。其实，我那时，根本不知道自己在哭什么，觉得像做了一场梦。但哭过后，我的心宁静了，我安静地坐在教室里，读书，做作业。倒是我的同桌，像探听秘密似的，问我去了哪里。我不说，她幽幽地看着窗外,向往地说:"你去的地方,一定很好玩吧。"

成年后,跟母亲笑谈我年少时的种种。我问母亲:"记不记得那一次我逃课?"

母亲问:"哪一次?"

我说:"去看桃花的那一次。"

母亲"啊"一声,笑:"你一直很乖的,哪里逃过课?"

辑三

爱是一杯圆满的苦茶

隔岸那片雏菊

杨获

场景应该是这样的：七月里，午睡过后，淘净了米，泡上绿豆，做一锅绿豆粥，留着晚上吃。就着新鲜的虾皮，温凉而解渴，米香豆香里融了虾的鲜香。

夏天的村子，像一片叶子，寂静而单纯。

夏天的城市，也像一片叶子，干燥而悬浮。

偶尔地，两个人会在彼此居住的地方想起一些事情。不同榻，却时有相对。

灯火是寒的。他说，南坨上那块地，真是适合种花生啊。

她说，嗯，是真正的沙土地，落花生白白净净的。

他说，你说，花生什么时候最美？

她说，开了花，黄黄的，嫩嫩的，像金子。

村子已经存在了若干年，县志上也许有记载，居住在村子里的人们却不关心。只有他们会坐在高粱宽大的叶子形成的阴凉下疑惑，我们到底打哪儿来？有风的时候，粮食作物发出刷刷的声响，叶片舒展浓绿，味道清甜且充满力量。

村子的旁边有一条人工河，是"大跃进"时前辈人开通的。现在的雨水不多，人工河基本上断流。童年时候的河水总是充盈而流畅，多年后，人成熟，河却已经干瘪。这里曾经是一条真正的河，河水滚滚，黄泥色，并不清澈。河是低的，两岸是高高的土坝，土坝上栽种了很多的树。北方的树木，高大、严肃，排成柳树行、杨树行，进而成林。黄土上还生长着无人栽种、自生自灭的花朵。乡村的田野，除了庄稼和树木，花和草都是天生的，形不成整齐的块，而是杂乱的片。河坝上的花朵夏天开花，会一直开到秋天，直到霜降，才慢慢冰凉。淡紫色或纯白色，偶尔白色上落了浅粉，也是若有若无的样子。

他说，东河坝上开满了花，天黑的时候我去给你采。

她说，为什么要等到天黑呢？

他笑，嘿嘿。

她说，怕什么，你就说给我采的。

是雏菊，一片一片的雏菊开在河坝上，被树木和杂草隔断，但总是会形成片。在草丛中的花朵，倔强而干净。花瓣单一且细长，并不层层叠叠，简单地集中在一起，组成一朵淡淡的小花。多年以后，他体会到雏菊和九月菊的区别：雏菊的花瓣单一而直白，九月菊的花瓣层叠而弯曲，一个是心事的铺陈，一个是心事的勾起。雏菊，从未离去。

早些年的时候，东河里有水，水中有草，草下有鱼。那种小鱼的名字叫麦穗，和夏收时节麦田里的麦穗一样大小。他和她去河里淘鱼，用田里的麦秆穿了河里的麦穗，夕阳下相伴着回家。

她会塞给他一把夏天里成熟的樱桃。手心里的樱桃，因为沾了汗，又在衣兜里藏了很久，通红且轻软。

有时候，他会下河游泳，狗刨式，头没入水里屏住呼吸，等她在岸上着急的时候，头又忽然冒出来，扑通通溅起浑黄的水花，咧嘴笑，露出并不洁白的牙齿，身体像泥鳅一样的颜色和灵巧。

阳光明亮却并不强烈，天气炎热但有风。两个人的童年和少年，像田里的绿豆、芝麻、玉米，散发着农作物独有的香气，在辽阔的平原上一望无际地生长。瞬间会以为是一辈子，一辈子的事情，还远着呢。

就叫他们秋生和雏菊吧。幸福而有回忆的童年，真正的青梅竹马、形影不离的玩伴，像两只蟋蟀或蚂蚱，无忧无虑地在草丛中雀跃。草丛是路上的草丛，车前草引着车辙，车轮轧倒雀跃的梦想。还有敏感而羞涩的少年，躲躲闪闪，目光疑惑而确定，像一朵祥云，飘着，不肯坠落。

快乐的时光总是飞快地流逝，刀光一闪，人未倒，伤口却已经深入了心脏。时间是最高超的剑手，已经达到无剑可伤人的至高境界。未来的世界，并不在这广阔的田野。童年和少年,总要长大。而长大的过程总是要遇到一些事情,比如分别和相遇,再相遇和再分别。

他说,我没什么可说的。

她说,我会回来的。

他说,你不会。

她说,我会。

十六岁。秋生读完初中,不再上学。雏菊家搬入城里,读高中。人生中第一个重要的分别,如夏日饭桌上的小菜一样,就这样轻易地摆在了面前。嫩绿的小葱,顶花带刺的黄瓜,樱桃一样红的西红柿。不忍,不忍。又是夏天,他失落,她憧憬。相交的两条线,就要被命运摆弄成平行线了,却还没能体会到其中的况味。

是的,很俗套的故事。随便打开电视,翻开小说,都有这样雷同的情节。

他开始打工,去城市,去高原,去海边,四处流浪。人更沉默,心变得坚硬,但有时候柔软脆弱。在城里的时候,伙伴拉着他去看花展。是九月菊,华丽而硕大的名贵菊花,高傲而冷漠地看着他。在那些黄的、红的、紫的、白的菊群里,他低低地呼唤,雏菊,雏菊。心脏一阵疼痛,健壮的胳膊上肌肉搏动。河坝上,田野中,他采了,送给她。她总是说,花长着多好,要采就采一朵吧。

他去海边,夜里,一个人躺在渔船上,闻着海腥,听鱼的呼吸。此刻，只有鱼和他醒着。昨天一网拉上来一个海菊花，别人叫它海葵，他只叫它海菊花。他把海菊花制成标本，放在枕边。我不爱万物，只爱万物中和你有联系的少有的几样。

雏菊，你在哪里？我在海边想起故乡泥土的芬芳，想起你并不白皙的皮肤、单眼皮、细长的胳膊、散乱的发辫和向我奔跑过来的身体。是的，他只是一个敏感而脆弱的青年，离开家乡，四处谋生，目光炯炯，心怀花朵。并不是谁都可以享用人生赐予的大餐，幸运的人才有往事，过了很多年，还能让心疼痛。

她有时候会想起秋生，默默地低下头。皮肤还是不白皙，眼皮还是倔强的单，外面的世界虽然花哨，心里还是好像失落了什么。更多的时候，她会笑着对大学里的女孩说，我有往事，我的青梅竹马都该娶亲了吧。多年不回村子，一些东西淡了。雏菊想，我们终究只有回忆，慢慢地，恐怕连这也要失去。我们终究是两个人的人生。

秋生，我答应过你要回去，可是，恐怕回不去了。你会有你的妻子，你的孩子，你的家，但和我无关。可我相信，我是你的爱情。故乡清晨草尖上的爱情，滴着晶莹的露水，天然，散发着青草的味道，可以入药。

十六岁以后，我们再没见面。暑假回家，他们说你离开村子，去了别的城市，去了海边。王母娘娘也许不存在，可那条银河真的存在。

我并不空白和泛泛的童年和少年。秋生，因为有你。

他频繁地被姑姑、姨妈们拉去相亲。有一天，感觉累极了，走在乡间相亲的土路上，看到路边开着黄色的野菊花。他们曾经采过，晒干，卖给收药材的人，然后到供销社买回整套的《西游记》连环画。

媒人说，这是小菊姑娘。他愕然地望过去，姑娘是文静的、白皙的，穿白色的裙子，并不像她。但他一眼看出这个小菊姑娘像他一样，和这个村子已经格格不入，他们是同一个世界的人。

还有什么话可说。如果一定要娶一个女子在身边，她该是合适的。他要带着她离开这里。这个村子，已经没有留下的理由。走了一个雏菊，有了一个小菊。他看到自己的花圃里，四季菊花盛开。

故事到这里，应该戛然而止了，不留任何的悬念。被生生拦腰斩断的庄稼，留在土里的那截虽然有根，却生不出果实，断掉的茎叶虽然还葱茏着，却会很快枯萎。

浅喜深爱

雪小禅

喜欢一个人，浅浅的喜欢最美。喜欢他的声音，他的微笑，却还半遮半掩，欲说还休。浅浅的喜欢，如饮清茶，淡然而落寞，是银碗里盛雪的素清，却又听着隔水的云箫，分外缠绵。

还有比喜欢更俏的吗？低头婉转的心思，只有秋云知道。相思何曾闲，我喜欢你了，空中传来了翠鸟的鸣叫声：喜欢，喜欢！

是雪白的蚕，在暗夜里吐丝，这样地缠了，看了惊心。一个人跑到开满樱花的院里看梧桐，梧桐真美，樱花是为它才开得这般灿烂吗？喜欢一个人，心里就开满了桃花，只能是桃花，带着满身的巫气，却不染尘埃。端坐着，心里是他；走到大街上，心里也是他。

这真是喜欢了。

放不下了，费心思了，明亮亮的喜欢，小虫子一样在心里蠕动着。喜欢多好啊，如春潮在涨，一直往上涨，彻底崩溃那天，索性赖了皮——我爱你！到底说了，浅浅的喜欢变成了爱。

爱就互动了，你来我往。爱有抱怨有纠缠，喜欢没有，喜欢是暗自芬芳，是初绿的芽和嫩粉的花；爱是风雷雨电，从丽日晴天到天昏地暗，也许只一个刹那——人生都这样快，何况爱？

如果爱，请深爱。

不游戏，不江湖，我可以和全世界所有人开玩笑，只是与你这样紧张；跟别人发短信，三言两语就玩笑起来，与你，却是字字千金，桃花万里冰河，动一下，便是心里的桃花心里的疼。

是深爱了，因为居然会这样想念一个人。原本，是矜持的女子，忽然有一日就问了又问——你到底爱我多少？小女生玩的把戏也敢玩，小女生不敢穿的衣服也敢穿，好像一只夏日的蝉，拼命地叫啊叫啊，只为这一季。也是，人生能有多少时日可以是真心？

是真爱了，是放不下了，陕北的小曲儿怎么唱？哥哥想妹想得瘦，喝碗香油也不长肉。醒着是她梦里是她，生生把人惆怅死了。这样的爱，原来是百转柔肠，思君如流水，何有穷已时。

她也这样相思了——他生莫作有情痴，人间无地著相思。情痴也只是这热恋时吧？有人说恋爱中的男女不过是着了魔，魔走了,爱就走了,但刘巧儿唱得好——自那日看见他我心里就放不下呀。

放不下就是爱了。爱情最怕什么?应该最怕时间。爱着的时候对天盟誓,海枯石烂,但如何抵挡那似水流年?

转眼就会平淡。

甚至忘记他的长相、他的声音,甚至忘记他的名字。

如果过二十年,还能口口声声说爱一个人,只爱他,无限地爱,我这才相信,那是真爱。

更是深爱。

浅喜深爱,如果让我选择,我选择喜欢,因为喜欢更长久,更绵延,更适合一个人暗自留恋,不张扬,不对抗,只是默默在一边。它不够彻底不够过瘾,但如果和时光抗衡,它一定是化骨绵掌。这千山万里路,只有喜欢才可以浩浩荡荡走下去呀!

爱是一杯圆满的苦茶

蒋薇

一位和我很要好的朋友,在父母不同意的情况下,执着地将自己的爱情坚持了两年。终于,父母渐渐认可了,而此时,她的男友却说,他累了,想要休息。就这样,一段令人称羡的感情黯然结束。想起曾经拥有的小小幸福,和那些虽是细枝末节却温暖如春的牵挂,她含着泪水,想要抚平那寂寞的伤。

我为她难过,却也为她高兴。至少,她经历了一次真正的爱情。她为爱疯狂过、努力过,也被爱拥吻过、包围过。而这些,却是许多人一辈子也不曾体验过的。只要她在爱中浸润过,只要爱给她留下了美好的回忆,那么,这就算是一个完美的收场了。

有人说,不懂爱的人,不会被爱伤害。相信所有真心爱过的人,都会懂得这句话的真味。真正的爱可以给人以最大的快乐,也可以给人以最大的痛苦。唯其向往那快乐,所以才有了辗转反侧的痛苦;也正是因为受过那痛苦的折磨,方能体会最深的快乐。所以,爱并非只像它的表面那样,如冰雪般纯净,如晴空般明朗,更多的爱,是一种无法言说的复杂的单纯。记得看过一篇文章,叫作《爱是难的》,作者用了两个不同的词来表达英国作家勃朗特姐妹对爱情的不同理解。夏洛蒂是"既然如此",既然如此,既然爱违背了良心和原则,我便不爱;艾米莉是"尽管如此",尽管爱忍受着重负和悲苦,我依然爱。相比之下,我更欣赏后者的爱情观。爱背负了凌辱,爱遭受了蔑视,但她却毅然地选择了无悔。在《呼啸山庄》里,她写道:"终于是死亡的结局,但由于不死的爱情,你的肉体虽然消灭,你的灵魂却汇入永恒。"这是一种潇洒的人生态度,也是一种不羁的爱情。我仍然记得,艾米莉死后,在离她的居所只有几步之遥的墓碑上,简洁地刻着两个字:"回想。"她在永恒的回想中,品味着那充满了她一生的爱情,品味着那给了她痛苦同时也给了她勇气的爱情。

张爱玲在经历了一次失败的婚姻后,还是常常尽其所能地满足胡兰成的各种要求。个中原因,就如同张爱玲曾讲给胡兰成的,"因为懂得,所以慈悲"。也许,她的婚姻是失败了,但她有过的爱情却未必如此,她依然怀着对那份逝去的爱的留恋。尽管她曾说过:"生在这世上,没有一样感情不是千疮百孔的。"但这,或许正是她对爱最深的肯定。因此,她选择了华丽的转身和苍凉的手势,也就有了一种凄凉却绝美的姿态。

一个人,真的爱过,无论结局如何,总会更真切地懂得人生，也便会有更深沉的感慨。那天，不经意间翻到陆游的一首诗："城上斜阳画角哀，沈园非复旧池台。伤心桥下春波绿，曾是惊鸿照影来。"不觉感动。这是陆游悼念其前妻唐氏的诗。那故人临波照影的地方，仍然生机盎然地绿着，但爱人却成了永远的回忆。陆游和唐氏的爱情，算是千古绝唱了。一个充满激情的诗人，一个心怀梦想的热血男儿，经历了一次最真诚和最难忘的爱情，对他来说，已经足够。

三毛说："爱情有若佛家的禅，不可说，不可说，一说就错。"这不仅是一种禅意的态度，更是一种值得回味的美丽。对于曾经的轰轰烈烈、缠缠绵绵，已经不愿去细说，就让它在那记忆的河中，自然地蕴藏和沉淀吧。

刚进大学的时候，曾经参加过一次辩论赛，辩题是："相爱容易相处难，还是相处容易相爱难。"我们队是反方，持后者的观点。那时幼稚，总觉得正方的观点简直对他们太有利了，两个人相爱，并不需要费什么心，只有在相处的时候才会产生各种各样的摩擦和不快。后来，才慢慢发觉，原来我们的观点同样也很有力，试想，在茫茫人海中，真正和你相爱的那个人，岂是很容易就能找到的？即使找到了，两个人又岂是很容易就能一帆风顺地相爱的？

所以，请拥有爱和曾经拥有过爱的朋友们，为自己祈祷和祝福吧，你们应该为爱着和爱过感到庆幸，因为，爱是那么的不易。

其实,爱就像是一杯圆满的苦茶,喝着难免会有满口的苦涩,但不久,就像有首歌所唱的,你便能品尝到清雅的香。

而这香,或许,会伴你一生。

爱过有痕

安宁

她与他是在一场戏里相遇的。那是许多年前的冬天，艺校毕业的她，在北京了无着落，只好辗转于各个剧组，与一大群北漂的年轻人为了每月的房费和饭钱争抢群众演员的角色。她因为容貌姣好，便常有一些饰演丫鬟、侍女之类角色的机会。而他，亦是常在剧组混的，演起路人甲、匪兵乙来，也算得心应手。彼此便这样慢慢地熟悉起来，有招群众演员的机会，他常第一个就跑去告诉她。那一年的北京，特别的冷，但因为有了他的这份情谊，这个城市，在她的心里便瞬间变得温暖柔和起来。

他常年在剧组里混，习惯了吃泡面、喝冷水的生活，也因为身体结实，所以尽管每日奔波于几个地方，也并不觉得怎么疲惫。只是她，天生羸弱，所以当一场风雪袭来，便一下子病倒了。他要为她请假，但剧组却不同意，说不能为了她一个小丫鬟，就错过一场绝好的雪景。她挣扎着赶去拍摄的外景地，换上单薄的戏服,瑟瑟发抖地等着导演开拍。这是一场丫鬟因为一句话惹怒了太太,被打了耳光的戏。起初因为是假打,她脸上的神情,总是无法达到导演的要求。后来导演急了,便命令真打耳光。她知道为了艺术,许多演员付出的比这还要多,所以便默默忍下了。只是这次,饰演太太的演员,打了两次,都无法让导演满意。她的头,因为发烧,已是晕得厉害,她自知如果再来一次,怕会跌倒在地爬不起来。那一刻的她,突然觉得感伤,不知道这样为了几百块钱而奔波的生活,何时才会结束,而那令人向往的做主角的未来,又何时才会到来?正暗自神伤,他突然走过来,对着饰演太太的演员鞠了一个躬,而后低声说,麻烦您这次一定演过,而且打得尽量轻一些。演员有些傲慢地瞥了他一眼,道:打的是她,疼的也是她,你操什么心?群众演员不就是靠这个来挣钱的吗?他的脸,倏地红了。一旁的她,以为他受了讽刺,心内不平,会冲动行事,忙过去劝阻。却听到他极清晰地吐出一句:打的是她,可疼的是我,而且,是你不会明白的心疼。

这样一句话,自此便让她在这个繁华但却冰冷的城市,有了依靠般的觉得安心。尽管住的依然是阴暗潮湿的地下室,吃的依然是滋味索然的白水泡面,回去的路上,也还是骑一辆叮当作响的自行车。可是,因为有了他,一切便如那被春风吹过的一池水,清澈、澄明,且漾着无限的生机。他学着用竹篾和蜡烛,做古装片里的灯盏,而后挂满她的房间。他说,有了这些明亮的灯盏,她的心,在暗淡的地下室里,便不会觉得凄清。每天晚上,他送她回来,总是要帮她把满室的灯一盏盏都点亮了,才会在跳跃闪烁的火花里,放心离去。原本已是吃厌了的泡面,因为两个人头抵着头争抢的快乐,也变得如那丰盛的美味佳肴。每天拍完戏,他骑着自己叮当作响的"宝马",载着她,在下班的人群里,鱼一样自由地穿梭。时不时地,便会有人朝风驰电掣的他们惊呼。她略带歉疚地朝路人笑笑,便温柔地倚在他的后背上,微闭起双眼,听耳边的风声,携着怒放的幸福,冲过来了。

她以为会一直这样走下去,就像她与他唯一一次在镜头里同时出现的一场戏:两个人回望了一眼被炸毁的家园,便义无反顾地牵手继续前行。可是生活还是像那无人修剪的花树,在主干之外,会生出更多芜杂的枝杈,亦会开出愈加妖冶的花朵。她的聪慧,很快引起了一家影视公司的注意,让她去签约。她犹豫了许久,最终还是去了。那时他正拿着两个人的资料,推销员一样地在各个剧组间找寻机会。听到她要签约的消息,他的心里,有一瞬间的空茫,但随即就笑了,说,我们的春天,终于要来了。

她的生活,自此果真像那春天的植物,一场丰盈的雨水,便哗一下将绿色漫山遍野地铺陈开来。尽管依然是演一些可有可无的配角,可是,一份稳定的工作,慢慢积聚的人脉,愈来愈多的机会,还是让她心内喜悦,且在他的面前,有了一丝自己都没有觉察到的得意与骄傲。她无须再为争抢一个连台词都没有的婢女的角色而四处求人,又被人像挑拣橘子一样地推来搡去。她也无须为了赶时间,匆忙地买了泡面来吃。她甚至可以像那些工作体面的白领,下了班,不急着回家,而是约三五好友,去喝咖啡,或是逛街。她终究是聪明灵秀的女子,不过半年时间,她就知道,该如何利用那些新近结识的朋友,实现昔日在梦里才会出现的生活。

而他还是浮萍一样无根地漂着,每日跟在一群年老色衰的女人,或身强体壮的男人后面,等着剧组来挑。有一次她闲来无事,跟着他去拍戏,他扮演一个中弹身亡的无名小卒。她看他穿着染满"鲜血"的衣服,躺在一大堆"阵亡"的士兵里面,原本觉得好玩,要笑的,可不知为什么,看到一个军官冷漠地走过来,踢了他一脚时,她的心,突然就被一阵莫名的哀伤给攫住了。她想,是不是生活注定了,只能让她喜欢的他,卑微成一个没有生命也毫无尊严的小卒?如果是这样,那么,她自己想要的安稳的现世,又要谁来给予?

她终究没有把心内郁积的忧烦,讲给他听,况且,他们彼此都忙到没有时间,去整理那些琐碎的情感。他们在这个风沙肆虐的北京城里,终于慢慢地风干了,直至最后,他们自己都想不起来,那挂在窗外的一段情,也曾经如秋天的果实,饱满、润泽、芳香无比。

他们很自然地像外人预言的那样,因为各自生活的改变而平静地分手。他继续做漂泊不定的群众演员,演着一个又一个与自己一样渺小无依的角色。而她,则借一次机会,放弃了并不会再有多大发展的演员职业,转到更为稳定的幕后工作去。这之后,他们都经历了许多事,她结婚生子,他也为另一个女子,努力寻求更为稳妥的生活。

她以为这段艰难岁月里的爱情,就这样在岁月里了无痕迹。直到有一天,她整理旧物,看到那张她和他唯一一次在镜头里同时出现的碟片。她一时好奇,就放了来看。很多的划痕,让这部电影,时断时续,她亦没有耐心等待,直接快进到最后,就看到了那个镜头:她与他,回望一眼被战火烧毁的家园,而后,扭转过头,牵手继续前行。在扭转头的那一刻,碟片又停住了。屏幕上,是他忧伤的眼睛,那样鲜明的不舍与依恋,将她的心,瞬间击中。

她终于明白,这段被他们自己刻意忘记了的爱情,还是被岁月记录了下来。尽管影像模糊,情节亦支离破碎,可是,它还是安然地躺在某个角落,等着这两颗彼此爱过的心,回望的时候,还能记得,他们曾经在纷乱的过去,有过如此美好纯真的牵手岁月。

野百合也有自己的春天

黄点蓝

周末,宿舍里只剩下桃子一个人,大家都约会去了,面带桃花。那就再读几首宋词吧,她喜欢在那样忧伤的语境里找到一些旧时的青苔、落英来滋润缺爱的、干涸的心。桃子姑娘来自乡下小镇,相貌平平,可是似乎又心比天高,于是,如月清幽,宁愿寂寞,宁缺毋滥。近午夜,舍友都陆续回来了,"卧谈"甚欢,大家都在用各种叙述方式炫耀自己男朋友如何得好,她基本上插不进话,像一根狗尾巴草在万花丛里,抱紧自己取暖,无艳无香。终于有同学想到了"剩女"桃子,问她心里的偶像是谁,为什么这样"雪藏"自己?桃子翻了个身,把枕头移到怀里做抱枕,支吾了老半天,才在黑暗中轻轻地说:"刘翔!"所有的人都"哇"地坐了起来,这个理想太宏伟了,也太渺茫了。桃子等大家平静下了,才解释说:"没有爱情,就拜个爱神吧,他只是我心里高不可攀的爱神而已。"她哲学读得最好,也是班级里的才女,也许她是对的,没有人继续去追问、推敲她的"爱神说"。

一夜无话。但是，桃子却有些失眠，大三了，爱情还没有着落，其实，她也曾经憧憬过，却都是遥不可及的人，如同向往宋词里的千古明月。为什么突然间会拿刘翔堵住大家的嘴，她自己也暗笑："反正都没有，还不如找个超级偶像来震住大家，起码还可以落个'心比天高'的名号……"这样的夜，抱紧醒着的身体，寂寥而伤心。

桃子坚定地认为自己是"第二眼美女"，第一眼让人看了，没有什么印象，第二眼才可以让人感觉到自己的美。可是，现在谁有耐心去看"第二眼"？寂寞芳心，没有人能懂。她一度也想与一个远在北京的男生网恋一场，不过，想着最终是要走到阳光下的，骗得了一时骗不了一世。于是，她放弃了这条爱情"捷径"。

缘分是什么？难道就这样一直等待？缘由愿生，这个私下被同学戏称为"爱情困难户"的女生，开始暗中谋划自己的爱情蓝图。奶奶说得对，每一个人头顶都有一颗星星和他呼应，她不是没有人爱，而是还没有被发现。

不是明艳照人风姿嫣然的那种女生，内秀是用来读的，如春天，所有绮丽的心思全在那初冒嫩芽的树枝里。在这样的自我鼓励下，忧伤而焦灼的桃子开始学会自嘲，调侃自己是"四大美人之五"，然后像春天的花一样瞬间开朗灿烂起来。同学也发现她一夜间自信了，会对着镜子做表情而不是像以往那样发呆,"这个世界上没有真丑女,只有还不被爱的女生"。有爱,自然就美丽。"晚春"里的桃子意识到,不能再关在书页里,要自己出门找自己的所爱,改变过去坐着等人来追的被动局面,因为上门推销的,往往不是自己所要的。

作为一名义工,她决定周六去医院帮忙,以减缓内心的不爽。是的,只能靠做好事来疗治寂寞心病。在医院里,她照看的那对残疾老夫妻,笑声朗朗。双目失明、双手残疾的老爷爷,用半截的手吃力地推着轮椅,轮椅上的老婆婆踮起长短不一的脚,使劲蹬着,想为他省点力。老太太说:"我老公的眼睛瞎了,我代替他的眼睛和手,他当我的脚。"说这话时,满脸是阳光,很甜蜜的样子。接着那老大爷也开腔了:"我老婆照顾我一辈子,这次她骨折,我才有机会照顾她几天。她很可爱,我抱她的时候,她还会挠我痒痒……"桃子发自内心地笑了,羡慕他们外在条件那么"困难"都可以那样欢乐地爱着,她由衷地赞扬他们的恩爱。老婆婆不停地点头:"我属马,他属虎,就这样,马马虎虎走了40年了!"

他们各自有残缺,仍然可以爱得那么美好甜蜜,因为他们会互相欣赏。对,要找个真正欣赏自己的男人。这样想着,属于她的爱情不知不觉就来了,像夏天,热了,才发现该是换上裙子的时候了。因为医院在郊区,在等公车回学校的时候,一辆白色小车在她面前缓缓停了下来,司机摇下车窗,她终于看清他是那个新加坡人,不熟,但是知道他也常常来医院当义工。"赏脸让我送你,好不好?我们顺路。"他不容置疑的语气,一脸诚恳的等待,让桃子拒绝不了。反正他也是个好人,就这样她上了他的车……

他们第一次这样正面聊天。汽车音乐很抒情,寒暄两句后是片刻的安静,然后他突然把车停下来,眼睛发亮地看着桃子说:"我注意你好久了!我们都是义工,但是好像你一直没有注意到我……"桃子很是惊讶,这么说,他"对"自己是蓄谋已久的!也许是自卑,桃子从未正眼去看对面走来的男生……原来早在轮流照顾那对残疾老人夫妻的时候,这个新加坡人就盯上了目光温柔、面目慈爱的桃子,也许她不惊艳,但是内在的美善让她散发出一种别样的芳香。

他介绍说,他叫蒋伟文,来中国进修……"可是我只是一棵无人知道的小草啊,那么多班花、系花和校花,你为什么没有看上?"桃子因为不信,所以很轻松地调侃。"我是学中医的,所以对草情有独钟。"他重新发动汽车的时候,侧头微笑,"你是那种需要用心读的女孩!"他坦承自己喜欢有书卷气的女生,这样的女生是要用心鉴赏的!就这样一段30分钟的车程,一下子缩短了彼此的心理距离。桃子终于相信,自己容貌平平也有好处,这样无形中多了一道防火墙,才会让那些真正领略她的美的男人,真挚地用心地接近自己,这样来的爱情更真实……

这样的爱情,润物细无声,由内而外。蒋先生说,他愿意等她爱上自己。他们先相约为对方制作60张小纸条，每天在上面写对方的一个优点，然后再交换……美妙的60天过去后，他们更清楚自己给对方留下的印象，也催化了爱情。在第60张纸条里，蒋伟文这样写道："我不是最好的，但会给你最好的！"而桃子的表白是："感谢你用心发现我的好，那么我只好好好爱你！"

"好花堪折直须折"，桃子的情路流水账，终于有了结局，也许这是场朴实无华的爱情，但一定会有个细水长流的婚姻，这正是她和蒋伟文一致的追求。她们都喜欢日本的一个品牌，叫"无印良品"，去掉包装，平价实惠，而蒋伟文也是这样一个男人，正如他追求桃子的方式，执着而笨拙，但很可爱。桃子说："即使你没有倾城美貌，也不要拒绝春天——野百合也有自己的春天！"

两个人的千年美丽

池莉

我18岁写诗,写了不少爱情诗篇。我28岁开始怀疑爱情。我30出头写了小说《不谈爱情》,成为一个不谈爱情主义者,一直到40出头,我都是爱情的铁杆否定派。然而,就在这个时刻,似乎我所未知的某个季节来到了,仿佛正在成熟的麦子懵懂于金秋的降临,但是它会自然地敞开胸怀接受大自然的恩惠。我是不由自主地发生着变化。我感觉自己慢慢地进入了一种处静而知微的状态,可以眼看着爱情这桩美丽的事物,从生活的一团混沌中脱颖而出。

有一段带着神秘色彩的记忆镌刻在我的孩童时代。那时候我们家的大屋有一部分房间出租,其中一个小房间的租户是一对婆婆爹爹,大家都含糊地称他们为二爹和三婆。二爹三婆总是穿着颜色素净的深色袍子,人也总是整洁体面。他们二人皆话少,深居简出,形影不离,神态平静到漠然,礼仪却是十分的讲究,进出厅堂总要侧一侧身子作谦让的姿态,也必定要与我家外公外婆打躬作揖问候安好。凡天色有变,二爹总是斜背一把油布雨伞,手提两双沉重木屐,木屐是高跟,鞋底有铁钉,猪皮鞋面夏季每天都要涂上一层桐油,是套在鞋子外面穿的防雨鞋。这时候三婆的义务则是主动搀扶二爹,两人小心谨慎地一起跨出高高的门槛。三婆单独处理的事务是倒药渣。在入夜时分,三婆就会提出一只中药罐子,将里头的药渣均匀地倾倒在路口,据说药渣只有得到无数路人的踩踏,疾病才会尽快离身。他们一出现在我眼中就是那样一种让我们小孩子无法辨识年龄的老迈,他们紧闭的房门是我们贴着耳朵偷听多久都没有声响的静谧,他们对我们小孩子来说充满了神秘感。可是就在那么平常的一天,三婆去世了。待二爹打开房门,向大家宣布这一消息的时候,三婆已经寿衣穿得整整齐齐,妥妥帖帖躺在他们的床上,脸上盖好了帕子,房间里头燃着檀香。不料三婆的后事办完没隔几天,二爹也无声无息地躺倒了。便赶紧把街上的仵作王老幺唤来,王老幺一检查,说是二爹咽气已多时。不过三婆生前也早已经把二爹的后事准备妥了,寿衣寿帽寿靴全套礼服与配饰,都精精致致一一停当。我外婆当时就淌出热泪,哭道:"咳!这对人啊!下辈子一定还是夫妻!"

他们是否夫妻?现在想来我们还真不知道。因为他们生前死后并无文件证明或者亲朋子女出现。其实我外婆当时所叹"夫妻",也就是叹的爱情了。这对老人连姓甚名谁何来何往我一概不知,他们几乎是无故事的日常。这样的记忆却偏是经年长久、不可磨灭，一直等到了我懂得凝视它的一刻。现在我相信，这都是因为爱情的美丽，尤其是因为死亡所凝结的两个人的永远美丽。

现在我可以看见，无论是往昔岁月，还是眼前日子，爱情都肯定是在着的。随时随地，哪怕是麦当劳快餐店的某个角落，一对年轻恋人在那儿对坐，目光连在一起，互相用手指抹去对方嘴角的奶油。就此一刻足够。一刻抑或永久，都是爱情的质地。

现在我已经明白，世界上有一个人，你只能与他才会发生某种对话和争论，否则你将沉默到口臭也都还无言。双方的痛痒，那些深藏在微妙之处或者皮毛之间的痛痒，如果彼此用眼神就能够探索和抵达，这就是爱。互有严格针对性就是爱；互为唯一就是爱；互相正好补偏救弊就是爱。而当这些针对性、唯一和补偏救弊都乐意被两人拥护和保持，那就是爱。很遗憾从前我把爱情与太多的非爱情物质搅和在一起，从而导致了对爱情的苛刻要求，继而导致了对爱情的粗暴否定。其实爱情没有那么复杂。爱情就是爱情，它纯粹到就是爱情本身而不是任何其他东西。爱情可以存在于任何形式，也可以不存在于任何形式。它是吹不灭的烛光，仅仅负责温暖和照亮两个人的心灵。

辑四 穿越地平线的渴望

我不容许自己怀疑自己是天才

千絮

2001年夏,一本名叫《正在发育》的书在图书市场掀起了波澜。书的名字让人不由自主地往人的生理问题上想,再看看内容:"你发育了吗""比胸脯""鱼水缠绵"……12岁的小学生蒋方舟怎么能写出这么大胆的文字?一时间,各种观点看法纷至沓来,赞叹者有之,鄙夷者有之。

7年后的2008年,这位话题少女再次回到了人们的视线——一则"清华大学有意降60分录取'90后'少女作家蒋方舟"的新闻在网上掀起轩然大波。力挺者有之,抨击者亦有之。

9月的清华校园,秋高气爽,剪了利落短发、身穿白T恤、脚踏单车的大一新生蒋方舟就这样出现在我面前,并没有想象中特立独行的感觉,与其他的大学生似乎也没有什么不同。唯一不同的,也许就是她言语中异于同龄人的成熟与睿智。

调侃背后的单纯

1989年10月,蒋方舟出生于湖北襄樊,父亲是铁路乘警,母亲尚爱兰是中学语文教师,还是颇有名气的女作家,尤其在网络写手当中很有影响。

蒋方舟迈进文学王国的第一步源于蒋妈妈的一次"诱骗":"法律规定中国小学生在小学毕业之前都必须写一部书,否则会被警察叔叔抓起来。"7岁那年,刚刚认字的蒋方舟趴在饭桌上开始了人生的首次写作,蒋妈妈在本子上画横杠,杠画到哪里,蒋方舟就写到哪儿。第一篇文章蒋方舟写了7个小时,四百多字,之后她每天坚持写500字。

7岁,同龄的孩子正在屋外玩得不亦乐乎,这么小就开始写作,是不是很痛苦?蒋方舟却认为:"我并没有觉得痛苦。如果让我去和同龄孩子玩游戏,我会觉得更痛苦,我是一个孤僻的孩子,写作是一种个人独立完成的过程,是一种单独的享受。我觉得有话说,就不可停止地写下去了。我觉得写作的过程是很有乐趣的。"

父亲对蒋方舟从事写作开始持无所谓的态度,认为就像别的小孩子学画画、学钢琴一样,只是一种简单的业余爱好而已,等他发现事情并不像想象中那样简单时,蒋方舟已经写得一发而不可收,继《打开天窗》《正在发育》后,相继出版了小说《青春前期》《都往我这儿看》,长篇童话《我是动物》。12岁起,给《南方都市报》《新京报》等多家报刊写专栏,以"邪童"的眼光,歪解一个个中国历史小故事,共发表各类作品逾百万字。父亲惊讶地发现,不经意间,自己有了一位名人女儿了。

北大教授钱理群在看过《正在发育》之后,曾担心他们这一代小孩会成为"调侃的一代"。"虽然我的语言调侃,多少有点尖酸刻薄,但并不代表我对这个世界就是多么不屑、多么不敬的。我觉得一个人的外在语气和叙事态度,并不代表一个人的世界观。我对这个世界还存有一些怯生生的感觉,我的世界还是很单纯的。"对钱教授的担心,蒋方舟如此回应。

除却语言的大胆,引起人们质疑的还有"一个小女孩怎能知道这么多,是不是由其母亲代笔"。"其实,真实的我也只是知道这些事情的名词,对其真正的含义我也不了解。我只是胆子大,把自己知道的写出来而已。我不否认母亲对我早期写作上的影响,但代笔并不存在。"

双重标准的自我衡量

因为"觉得大部分的童话结局都不好,很多都突破了成人心理承受范围,小孩子看了晚上都会做噩梦",从5岁开始,蒋方舟就不看少儿书而改看成人书了。她认为:"成人书中反而有很多温馨的东西,看了之后会有很温暖的感觉。"

或许是由于过早涉猎成人书籍而提前进入成人世界,与同龄孩子相比,蒋方舟显得早熟:当同龄的孩子还在为棒棒糖跟妈妈斗气的时候,她已经在报纸上谈古论今;当别的孩子一起过儿童节时,她已经在写《青春前期》了。也正因为早熟,从小到大,她一直感觉自己很孤独。"我与同学的交流只限于生活层面。我和很多人的生活目标不一样,就拿恐惧来说,很多同龄人的恐惧只限于考不上大学,而我想得就更深更远一些。我关心的是我的作品有没有突破。"

出版了9部作品的蒋方舟,并没有像韩寒、郭敬明一样靠写作发财,带来家境的改善。她一直觉得自己生活在贫穷状态。"从小到大,我们一家人住的是三十多平方米的一室一厅。我都没有自己的房间,我的床就是客厅里的活动沙发,我连自己的书桌都没有。"

她并不期待写作能让她一夜暴富。"我并不认为靠自己诚实劳动赚来的钱,就是该得的了。我认为,人的追求,除了道德标准之外,还应该有一个艺术标准,实现自己艺术上的追求。我常用这两个标准来衡量自己。我的双重标准都很高,所以注定我靠写作赚不了多少钱。"

远去的"成名趁早"的痛快感

10岁出版第一本书《打开天窗》,虽说幼龄出书,但并没有给她带来什么名气。在这本书签订合同的第二天,蒋方舟就开始创作小说《正在发育》。《正在发育》在2001年出版时,以迥异于同龄人的成熟大胆与古灵精怪的文字引起了社会各界的广泛争论。"我找男朋友,是大大的有标准的。要富贵如比哥(比尔·盖茨),潇洒如马哥(周润发),浪漫如李哥(李奥纳多),健壮如伟哥(这个我就不解释了)。"这是《正在发育》一书中被引用最多、让成人惊呼不已的段落。同时,这本书也让成年人反思,孩子们的世界并非如我们臆想中的单纯,他们所表现出来的"单纯"也许正是为了迎合我们的希望,也许我们与孩子之间一直缺乏真正意义上的交流。

在这本书出版后,《南方周末》登出了一篇评论文章《蒋方舟:天才的作家还是文化快餐业的童工》,由此引起了对她的讨论,还为此开发了特定的词语如"早熟的苹果""说大人话的小孩"等。蒋方舟是被骂出名的,而不是被捧出名的,母亲就对她说,爱的反面不是恨,而是遗忘,当有人长篇大论去骂你的时候,说明还是有人在乎你的。所以,当看见有人骂自己时,蒋方舟还是比较开心的。

少年成名,对蒋方舟来说,意味着更大的写作压力、更多的专栏。曾经,很密集的专栏让她甚至有了辍学的想法,母亲找到蒋方舟的各科老师,说服他们容许蒋方舟不用写作业。万幸的是,不写作业对她的成绩没什么影响。但高三那年,虽然一直有许多稿约,但蒋方舟谢绝了,全身心投入高考。

今年7月,"清华大学有意降60分录取'90后'少女作家蒋方舟"的消息引起轩然大波。此前,人们忧心一考定终身的高考体制,呼吁高校不拘一格招英才,但当清华降下60分时,人们又开始怀疑,这一举动对其他考生是否公平?有些媒体甚至为此事开通热线。此前,蒋方舟以为自己已经过气很久了,现在竟很意外地知道,自己还是有些薄名的。当月,蒋方舟在博客中写下《我没有被破格录取》,说明了参加清华大学自主招生的始末:"有些人认为我堵住了他们上大学的路,我认为我不过是参与了开路。"

张爱玲曾说过,出名要趁早!来得太晚的话,快乐也不那么痛快。出道多年的蒋方舟已没有痛快的感觉了,痛快感已经远去。"我有学生生活,名气没了就没了,我没有警惕,也完全没有经营。现在我觉得名气、荣誉跟所谓文坛的认定都不存在。"

向往大师

对于年少的蒋方舟,第一本书《打开天窗》更多的是年少的涂鸦,或者说是小学生作文。在母亲的引导下,小时候的她看了三毛、张爱玲、老舍的书,《西游记》《红楼梦》也是在很小的时候就读过的。9岁的时候,出于虚荣,她就去读诺贝尔文学奖获奖作家的书和意识流的书,如《百年孤独》《生命不能承受之轻》等,"虽然书有些难以理解,但是有些书并不需要理解,只是感受那种氛围。好小说并不是说它讲述了什么哲理,主要是传递了一种氛围,如果能把读者带入小说的氛围中,那它就是好小说。"

太多人不相信天才的存在,但多年的文学与历史阅读及观察让蒋方舟坚信自己是天才,"我不容许自己怀疑自己是天才,因为只有确认我是天才,我才能满脸安详,拒绝讨好,才能不浮躁。"

一直追随在大师身旁的蒋方舟的理想也是成为大师,她很坚定,如果不坚持这个想法,生命就会失去支柱。但大师很难借鉴,"一般人的思路和高度是一步一步来的,这种是可以借鉴的。但大师的高度是如'黄河之水天上来',没有一步步升高的过程,你看不到他的思路,无法借鉴,我在他们面前感到绝望和自卑。看鲁迅的文章我很绝望,自己琢磨很久自认为很精彩的话,鲁迅很多年前就已说过,而且感觉比我写得更精彩。"

大师的出现需要一个有大师的时代,但不知,今天容纳大师的土壤有没有形成?

穿越地平线的渴望

俞敏洪

北大是改变了我一生的地方,是提升了我的地方,是使我从一个农村孩子最后走向了世界的地方。毫不夸张地说,没有北大,肯定就没有我的今天。北大给我留下了一连串美好的回忆,大概也留下了一连串的痛苦。正是在美好和痛苦中间,在挫折、挣扎和进步中间,最终找到了自我,开始为自己、为家庭、为社会能做一点事情。

学生生活是非常美好的,有很多美好的回忆。我记得自己为了吸引女生的注意,每到寒假和暑假都帮着女生扛包。后来我发现那个女生有男朋友,我就问她为什么还要让我扛包,她说是为了让男朋友休息一下。我也记得刚进北大的时候我不会讲普通话,全班同学第一次开班会,我站起来自我介绍了一番,结果我们的班长站起来跟我说:"俞敏洪你能不能不讲日语?"后来我用了1年时间,拿着收音机在北大的树林中模仿广播电台播音员的播音,但是到今天普通话依然讲得不好。

人的进步可能是一辈子的事情。在北大是我们生活的一个开始,而不是结束。有很多事情特别让人感动。比如说,我们很有幸见过朱光潜教授。在他最后的日子里,我们班的同学每天轮流推着他的轮椅在北大校园里散步。每当我推着轮椅的时候,我心中就充满了对朱教授的崇拜,一种神圣感油然而生。所以,我在大学看书看得最多的领域是美学。

我也记得我的导师李赋宁教授,他原来是北大英语系的主任。他给我们上课的时候,每次都把板书写得非常工整,非常美丽,永远都是从黑板的左上角写起,等到下课铃响起的时候,刚好写到右下角结束。我还记得我的英国文学史老师罗经国教授,我在北大最后一年由于心情不好,导致考试不及格。我找到罗教授说:"这门课如果我不及格就毕不了业。"罗教授说:"我可以给你一个及格的分数,但是请你记住了,未来你一定要做出值得我给你分数的事业。"北大老师的宽容、学识、开放、自由,让我们真正能够成为北大的学生,真正能够继承北大的精神。

记得自己当时很苦闷,一是普通话不好,二是英语水平一塌糊涂。尽管我高考经过3年的努力考上了北大——因为我落榜了两次,我从来没有想过北大是我能够上学的地方,她是我心中的一块圣地,我觉得永远够不着。但是那一年,我的高考分数超过了北大录取分数线7分,我终于下定决心咬牙切齿地填了"北京大学"4个字。

我知道一定会有很多人比我分数高，我认为自己是不会被录取的。没想到北大的招生老师非常有眼光，料到了30年后我会有今天。但是当年我的英语水平很差，在农村既不会听也不会说，只会背语法和单词。我们班分班的时候，50个同学被分成3个班，因为我的英语考试成绩不错，就被分到了A班，但是1个月以后，我就被调到了C班——C班叫作"语音语调及听力障碍班"。

我也记得自己进北大以前连《红楼梦》都没有读过，所以看到同学们一本一本地读书，我拼命追赶。结果我在大学差不多读了800多本书，但是依然没有赶超那些同学。我的班长王强是一个书虫。他每次买书我就跟着他去，当时给我们每个月发20多块钱生活费，王强有个癖好，就是把生活费一分为二，一半用来买书，一半用来买饭菜票，买书的钱绝不动用来买饭菜。如果他没有饭票了就到处借，借不到就到处偷。后来我觉得他这个习惯很好，我也把我的生活费一分为二，一半用来买书，一半用来买饭票，饭票用完了我就偷他的。毫不夸张地说，我们班的同学当时在北大，真是属于读书最多的班之一。而且我们班当时非常地活跃，光诗人就出了好几个。后来挺有名的一个诗人叫西川，本名叫刘军，就是我们班的。

我记得我奋斗了整整两年，希望能在成绩上赶上我的同学，但是北大精英太多了，你的前后左右可能都是智商极高的同学，也是各个省的状元或是第二名。所以，在北大追赶同学是一个非常艰苦的过程，尽管我几乎每天都要比别的同学多学一两个小时，但是到了大学二年级结束的时候我的成绩依然排在班上最后几名。

我非常勤奋又非常郁闷，也没有女生来爱我和安慰我。这导致我在大学三年级的时候得了一场重病，这个病叫作传染性浸润肺结核。当时我就晕了，因为我正在读《红楼梦》，正好读到林黛玉因为肺结核吐血而亡的那一章，我还以为我的生命从此结束。我在医院里读了很多书，也写了600多首诗歌，可惜一首都没有发表过。我们跟当时还不太出名的诗人海子在一起写过诗。后来他写了一首优美的诗歌，叫作《面朝大海，春暖花开》，我们每一个同学大概都能背。后来当我听说他卧轨自杀的时候，号啕大哭了整整一天。从此以后，我放下笔，再也不写诗了。

当我到大学四年级毕业时，我的成绩依然在全班最后几名。但是，当时我已经有了一个良好的心态。我知道我在成绩上比不过我的同学，但是我有一种能力，就是持续不断地努力，所以在我们班的毕业典礼上我说了这么一段话，到现在我的同学还记得。我说："大家都获得了优异的成绩，我是我们班的落后同学。但是我想让同学们放心，我绝不放弃。你们5年干成的事情我干10年，你们10年干成的我干20年，你们20年干成的我干40年。"我对他们说："如果实在不行，我会保持心情愉快、身体健康，到80岁以后把你们送走了我再走。"

有一个故事说，能够到达金字塔顶端的动物只有两种，一是雄鹰，靠自己的天赋和翅膀飞了上去。我们这儿有很多雄鹰式的人物，很多同学学习不需要太努力就能到达高峰。很多同学后来可能很轻松地就能在毕业以后进入哈佛、耶鲁、牛津、剑桥这样的名牌大学继续深造。有很多同学身上充满了天赋，比如说我刚才提到的我的班长王强，他的模仿能力就是超群的，到任何一个地方，听任何一句话，听一遍模仿出来的绝对不会两样。所以他在北大广播站当播音员当了整整4年。我每天听着他的声音咬牙切齿，心头充满仇恨。所以，有天赋的人就像雄鹰。但是，大家也都知道，有另外一种动物，也到了金字塔的顶端，那就是蜗牛，蜗牛肯定只能是爬上去的。在金字塔顶端，人们确实找到了蜗牛的痕迹。我相信蜗牛绝对不会一帆风顺地爬上去，一定会掉下来、再爬，掉下来、再爬。但是，同学们需要知道的是，蜗牛只要爬到金字塔顶端，它眼中所看到的世界，它收获的成就，跟雄鹰是一样的。我在北大的时候，包括到今天为止，我一直认为我是一只蜗牛。但是我一直在爬，也许还没有爬到金字塔的顶端，但是只要你在爬，就足以给生命留下令自己感动的痕迹。

我常常跟同学们说，如果我们的生命不为自己留下一些让自己热泪盈眶的日子，就是白过的。我们这儿有富裕家庭来的，也有贫困家庭来的，我们生命的起点由不得你选择，如果你生在贫困家庭，你不能说老天给我收回去，我不想在这里待着。但是我们生命的终点是由我们自己选择的。我们所有在座的同学过去都走得很好,已经在18岁的年龄走到了很多中国孩子的前面。但是,进入北大并不意味着你从此大功告成,并不意味着你未来的路也能走好,后面的路你该怎么走,成为每一个同学都要思考的问题。就本人而言,我觉得只要有两样东西在心中,我们就能成就自己的人生。

第一样叫作理想。我从小就有一种感觉,希望穿越地平线走向远方,我把它叫作"穿越地平线的渴望"。也正是因为这种强烈的渴望,使我有勇气不断地参加高考。我有一个邻居,非常的有名,是我终生的榜样,他的名字叫徐霞客。当然,他是500年前的邻居,但是他确实是我的邻居,江苏江阴的,我也是江苏江阴的。因为崇拜徐霞客,直接导致我在高考的时候地理考了97分。也是徐霞客给我带来了穿越地平线的这种感觉,所以我下定决心,徐霞客走遍了中国,我就要走遍世界,而我现在正在实现自己的这一梦想。所以,只要你心中有理想、有志向,同学们,你终将走向成功。你所要做到的就是在这个过程要有艰苦奋斗、忍受挫折和失败的能力,要不断地把自己的心胸扩大,才能够把事情做得更好。

第二样叫作良心。什么叫良心呢?就是要做好事,要做对得起自己对得起别人的事情,要有和别人分享的姿态,要有愿意为别人服务的精神。有良心的人会从具体的生活中做的事情体现出来,而且你所做的事情一定会对你未来的命运产生影响。

在北大当学生的时候,我一直比较具备为同学服务的精神。我这个人成绩一直不怎么样,但我从小就热爱劳动,希望通过勤奋的劳动来引起老师和同学们的注意,所以我从小学一年级就一直打扫教室卫生。到了北大以后,我养成了一个良好的习惯,每天为宿舍打扫卫生,这一打扫就是4年,所以我们宿舍从来没排过卫生值日表。另外,我每天都拎着宿舍的水壶去给同学打水,把它当作一种体育锻炼。大家看我打水习惯了,有的时候我忘了打水,同学就说"俞敏洪怎么还不去打水"。但是我并不觉得打水是一件多么吃亏的事情。因为大家都是同学,互相帮助是理所当然的。同学们一定认为我这件事情白做了。又过了10年,到了1995年年底,新东方做到了一定规模,我希望找合作者,就跑到美国和加拿大去寻找我的那些同学,他们在大学的时候都是我的榜样,包括刚才讲到的王强老师等。我为了诱惑他们回来还带了一大把美元,每天在美国非常大方地花钱,想让他们知道在中国也能赚钱。我想大概这样就能让他们回来了。后来他们回来了,但是给了我一个十分意外的理由。他们说:"俞敏洪,我们回去是冲着你过去为我们打了4年水。"他们说:"我们知道,你有这样一种精神,所以你有饭吃肯定不会给我们粥喝,所以让我们一起回国,共同干新东方吧。"这样才有了今天。

人的一生是奋斗的一生,但有的人一生过得很伟大,有的人一生过得很琐碎。如果我们有一个伟大的理想,有一颗善良的心,我们一定能把很多琐碎的日子堆砌起来,变成一个伟大的生命历程。

(本文为作者在北京大学2008年开学典礼上的演讲,有删节)

引领你的一生

李开复

前不久,我的同学兰迪·波许教授在我们的母校卡内基·梅隆大学做了一场风靡全美的讲座,题目是《真正实现你的童年梦想》。这个讲座的视频在不同视频网站上被点播了千万次。《华尔街日报》把这次讲座称为"一生难觅的最后的讲座"。

在美国的一些高校里,"最后的讲座"是兰迪教授退休前的最后一课。兰迪教授并没有准备退休,但是他患了胰腺癌,只剩下几个月的生命。这次讲座对他来说,真的是一生中"最后的讲座"了。

我的亲友纷纷向我推荐兰迪教授的此次讲座。我和女儿一起看了讲座的视频,看完后,我们含着感动的眼泪,同时又因为感悟和兴奋而相视一笑。我们像每一个听过讲座或看过讲座视频的人一样,激动的心久久不能平静。我通过电子邮件找到兰迪,他慷慨地答应让我们把他的视频加上中文字幕,并授权我们把视频、讲稿和讨论放在"我学网"（www.5xue.com）上与中国的网友分享。

对这样一次出色的讲座，我的感触很深，也领悟到了许多东西，在这里和大家分享一下。

幽默、乐观、无惧

兰迪和我同年进入卡内基·梅隆大学计算机学院的博士班。他是我们那届最出风头的学生，他外向、健谈、幽默，有表演天赋，还有很强的亲和力。在他的讲座里，我们很容易就能发现他的这些特点。

虽然兰迪已经进入癌症晚期，但他还是在讲座中保持着他惯有的幽默感。演讲开始时，他说："癌症让我比你们身材更好。"他还开玩笑说："临终的人常会在死前信奉宗教，我也是这样。前几天，我买了一台苹果电脑。（我现在信奉苹果教。）"

我们常说，乐观的人看到半杯水时，总会说杯子是"半满"而不是"半空"。乐观的兰迪教授甚至在杯中只剩一滴水时，也依然能看到那仅存于最后一滴水中的美，并因此而感恩。也正是因为有了这样的乐观天性，他才能够在自己的生命结束前，留下这样一次"照亮他人"的"人生作品"。

兰迪说："对于无法改变的事情，我们只能决定如何反应。我们不能改变手里的牌，但是可以决定如何出牌。"这充分体现出他乐观进取的心态和宽广的胸襟。我想，如果任何人有了这样的心态，那么，无论是面对病痛的折磨还是人生的失意，他都能用一次次漂亮的出牌实现自己最大的价值。

你的梦想，自己会来找你

兰迪教授此次讲座的主题是"真正实现你的童年梦想"。他谈到，小时候他的梦想是在嘉年华上赢得超大型的动物玩偶，体验无重力的环境，参加全国橄榄球联盟的比赛，当《星际迷航记》中的库克船长，写一篇百科全书的文章，以及加入迪士尼梦幻工程队设计迪士尼乐园的云霄飞车。这些梦想看起来杂乱无章，但是，在那些纯真的孩子心里，这些东西才是最真实、最不受外界影响的渴望，而对这些梦想的追寻就是Follow your heart（追随真心）。

我和兰迪在电子邮件的交流中谈到今天许多年轻人把"财富"当作自己的梦想。他说："只有极端缺乏想象力的人才会把财富当作自己的童年梦想。"

兰迪教授感谢他的父母，因为父母给他创造了一个宽松的成长环境，鼓励他尝试和创新，帮助他建立自信心，让他成为一个心中有梦想的孩子。他的父母允许他在自己房间的墙壁上涂鸦。是父母创造的良好环境让他的梦想得以清晰呈现，并在一生中不断督促、引导他前进。如果每个人都像兰迪那样从小心中有梦，那么"你的梦想，自己会来找你"。

令人惊讶和羡慕的是，兰迪这些儿时的梦想后来竟然大部分都实现了。其实，这些看似荒诞不经的梦想反映了他潜意识中隐藏的人生理想，也折射出他特有的思维方式与个性特点。例如，写百科全书的梦想意味着他希望做一个学识渊博的人，想体验无重力的环境体现了他的好奇，为迪士尼乐园设计云霄飞车的梦想代表了他对高科技的痴迷，而参加全国橄榄球联盟比赛的梦想则反映出他对团队、运动和竞争的兴趣。这些个性特质、思维方式和人生理想最终成就了今天的兰迪。

砖墙挡不住追梦人

在追寻梦想的途中，肯定会困难重重。兰迪在讲座中不止一次地使用"咖啡色的砖墙"来代表较难克服的困难。在追寻梦想的过程中，这面墙常常挡在我们面前，但这面墙能够挡住的其实都是那些没有诚意的、不相信童年梦想的人。兰迪说："这面墙让我们知道，为它后面的梦想而努力是值得的。这面墙迫使我们向自己证明，我们是多么渴望墙后面的宝藏——我们的梦想！"

兰迪认为，要得到砖墙后面的宝藏，你必须想尽办法，努力工作，还要甘冒风险，克服自己的惰性，离开自己的"安乐窝"，积极主动地去争取和开拓。例如，当年轻的兰迪收到卡内基·梅隆大学的拒绝信时，他想尽办法安排了一次与卡内基·梅隆大学计算机系主任见面的机会，并当面说服了那位系主任，使之收回成命，录取了他。

兰迪教授的一个梦想是进入迪士尼的梦幻工程队设计云霄飞车。虽然他多次收到迪士尼公司寄给他的拒绝信，但他没有气馁，并保留了这些信，用它们激励自己继续努力。终于有一次，兰迪在一个学术会议上发表演讲后，一位梦幻工程队的工程师向他提问，兰迪是这么回答他的："我很愿意回答你的问题，但我想先问你，明天可以和我共进午餐吗？"这次午餐终于让梦幻工程队认识了兰迪，此后不久，他就得到了梦幻工程队的工作邀请。

兰迪只有一个梦想没有实现——他没能成为职业橄榄球运动员。但是他认为，从这个没有实现的梦想中得到的东西，可能比从已经实现的梦想中得到的还要多。他虽然没有成为职业球员，但是打球帮助他建立了信心，培养了努力的习惯，提高了团队合作的能力。对此，他总结说："如果你非常想要某一样东西，而你努力过了却又没有得到它，那么你收获的就是宝贵的经验。"

最伟大的事：做老师，助人圆梦

如果完成梦想是重要的目标，那么，什么是伟大的目标呢？在兰迪看来，帮助别人完成梦想，做个助人圆梦者是真正伟大的目标。兰迪说："年长之后，我发现帮助他人实现他们的梦想是唯一比实现自己的梦想更有意义的事情。"

从这个意义上说，老师往往是最好的"助人圆梦者"。兰迪教授特别感谢他的一位老师引导他肩负起教育这个伟大的任务。这位老师对他说："你应该做教授。你是一个天生的推销员，任何一个得到你的公司都会利用你赚钱，不让你推销有价值的东西太可惜了。你还是做教授去推销教育吧！"

成为教授后，兰迪在卡内基·梅隆大学开了一个"圆梦"的课程，让各个专业的学生在一起用虚拟现实技术，开发一项完成童年梦想的项目。为了这个做"圆梦者"的机会，他最后谢绝了梦幻工程队的邀请——为了长大后发现的新梦想，他放弃了儿时的梦想。但是，如果不是追逐儿时的梦想，他又怎么会找到长大后的新梦想呢？

在他的"圆梦"课程中，有一批学生只用了两个星期就完成了一般团队要做一个学期的项目。对此，兰迪非常惊讶，但他只是对学生们说："你们做得不错，但是我知道，你们可以做得更好。"有这样的老师，学生不但可以实现梦想，甚至可能超越梦想。

我曾经雇用过一名兰迪的学生，他对我说："兰迪是我见过的老师中最有激情的，他能够用生动有趣的例子解释复杂的科技。更重要的是，他真的在乎他的学生，他希望他们能发挥潜力，实现他们的梦想。"

心存感激,心存包容

兰迪有一颗感恩的心。他劝我们随时心存感激,多想别人,少想自己。他在讲座中说,昨天是他妻子的生日,为了准备此次讲座,他没有好好给妻子过生日。随后,他当场推出了一个大蛋糕,请他妻子上台,亲自唱"祝你生日快乐",以此来表示对妻子的感谢。

他对他的老师也心存感激。他记得,当他是一个"不讨人喜欢又自以为是"的本科生的时候,他的一位老师利用和他散步的机会,亲切地搂着他的肩膀说:"兰迪,你很有才华,可是有人觉得你很傲慢。这真遗憾,因为这样会限制你的发展。"这句话改变了他的一生。

此后,在兰迪的工作和生活中,他不但处处心存感激,而且善于包容他人。他说当时如果不是老师包容他,耐心地劝他,而只是批评他,他的傲慢可能一辈子都不会改过来。有些人让你生气,但只要你有足够的耐心,就总能发现他们性格中闪光的地方。他说:"如果你对某个人有意见,那是因为,你还没有给他足够的时间。"在这里,包容是感恩的第一步。

兰迪教授的感恩之心,以及他的真诚打动了他周围的人。我的一位朋友参加了那次讲座,他说:"我从来没有见过那么多成年人一起失控痛哭。连我们最严肃的校长和一位最严厉的教授都被他打动而落泪。"

引领你的一生

关于此次讲座,兰迪有两个结论:

第一,今天的演讲不是讲如何实现你的梦想,而是如何引领你的一生(Lead your life)。如果你正确引领你的一生,因缘自会带来你所应得的一切。

"Lead your life"这句话既简短有力又意味深长。"Lead your life"而不仅仅是"Live your life",也就是说,不能只是"过一生",而是用你的梦想引领你的一生,要用感恩、真诚、助人圆梦的心态引领你的一生,用执着、无畏、乐观的态度来引领你的一生。

孔子说:"未知生,焉知死?"而兰迪仿佛想通过他的"最后的讲座"告诉我们:"如果你尽力地去实现你的梦想,那你才是真正地生活过。对一个曾经真正生活过的人,死亡是一点儿也不可怕的。"

第二,今天的讲座其实不是为你,而是为了我的孩子。

这是多么珍贵的遗产呀!我相信他的3个孩子会依据他"最后的讲座"来引领他们的一生。我也相信,通过互联网的传播,更多的孩子会因为看过兰迪的"最后的讲座",而去追寻自己的梦想和更加精彩的一生。

我11岁的女儿看完"最后的讲座"后告诉我:"我要写下我童年的梦想。"我拍拍她的头,赞赏她的计划。她又说:"我可以去画我房间的墙壁吗?"我提醒她:"你小时候画得还不够吗?"她吐吐舌头说:"我知道,谢谢你以前让我画。"

　　希望我们的孩子能和兰迪一样,用梦想引领他们的一生。

青草远道

蔡成

草不急。

9年前,我大哥从广东韶关辞职回湖南老家,买了老屋近旁一座山开砖窑厂。推土机大摇大摆上山,树和草很快被剿灭一空。山被开膛破肚后,露出猩红色的土壤,那些柔软的泥土历经打泥坯、晾晒、入窑、炙烤等工序,成为坚固的建筑材料。不到4年,山没了头,随之失去躯干,如果推土机继续深入,山定会变成水——我们已开始设想,等偌大的水库出现在眼前,可以养很多鱼和鸭,就地建个"农家乐",搞小规模的旅游开发。谁知推土机此时却没辙了——藏在红壤底下的全是页岩。面对坚硬的岩石,推土机和我大哥都束手无策。

山成洼地了,但依旧保留着山的名字。我父亲,一个与泥土打了60多年交道的老农,打量着遍地石头,说:"这山连草都不会长,彻底成荒山了。"

前几日,我欣赏侄女发到我电脑里的照片。有一张,父亲身后的背景很陌生，却又似曾相识。问侄女，说："开砖窑厂的石头山里照的。"父亲和一条白色土狗并排站着，草重重包围了他们，绿茵茵，美。

我没想到，仅仅5年，草就杀回它们的老家了。风帮了草的大忙，鸟一定也助了草一臂之力，它们将草的种子空投到乱石丛中，星火燎原，草便悄然收复失地。而更多的力量，来自草本身。山边那些当初没被推土机斩草除根的杂草（主要是一种名叫巴根草的生命力和繁殖力都极强的野草），在1800多个日日夜夜里不声不响地蔓延、前进，步步为营，终于将荒山收为自己的势力范围。在人的一手操纵下，草为人类发展经济让步，丧失了家园，然而它们没急着乱播种、乱扎根，而是试图挽回败局，泰然处之，用一个"拖"字诀，只花了短短5年，耐心走了好远好远的路，便重返故里。

田埂是草的老根据地，人怕草抢夺粪肥，用火、用锄头对草赶尽杀绝。我父亲当过数年生产队长，曾率领社员们不畏艰辛，对田埂上的杂草展开无数次的歼灭战。而后，响应上级指示，父亲和社员们又对山坡和河滩上的草下手，先用镰刀割，接着用锄头刨，将草全部搜集来踩进烂泥，谓之"沤绿肥"。失去草的怀抱，山坡和河滩素面朝天，几番暴雨，泥沙俱下。

2004年我写《在乡村行走》一书，曾奔走于农村，镜头对准过不少荒芜田园。壮年劳动力纷纷进城打工，不少曾经肥沃的水稻田变成了旱地，杂草成了唯一的统治者——曾被烧杀劫虐一空的草静悄悄地卷土重来，田埂、山坡和河滩上又郁郁葱葱，甚至还悠悠忽忽，偷偷挺进田园。

草其实一直在不慌不忙地行走着，只是我们没注意到而已。草不急，树也不急，急的是人。

树栽在地里，不急不慢地生长。把家安在向阳坡地的树，长得快些；落户背阴地的树，会慢些长。今年干旱少雨，树就少长高几厘米；明年风调雨顺，树就让自己的个头猛蹿几把。树由着自己的性子出牌，人却在手忙脚乱地不停喊"加油"。我家邻居栽了半坡地的杉树，嫌它们长得不积极，使劲在树的脚后跟施尿素，树果然开始百米赛跑，伸长脖子飞快长。结果，有天刮大风，许多高个子杉树为风所征服，断头、断胳膊，苟延残喘，惨不忍睹。真的，人太急了。

我的小学同学，见人家发财，也想赶紧致富。他找到了一条捷径——抢劫。结局是，8年时光将在监狱度过。还有更急性子的，更惨，直接断送了性命。能人刘某，和我有着不远不近的亲戚关系，开了公司，没日没夜地奋斗。上月，得知他死于车祸——为赶去签一份重要合同，车开得飞快，车祸发生了。俗话说"不撞南墙不回头"，可怜我的亲戚，撞墙后想回头却回不来了。还有个朋友，画家，因心脏病猝死，生命在39岁戛然而止。他生前的理想是50岁前名头要比陈逸飞更响亮，于是，他不知疲倦地努力攀登……

前阵子一个广东文友在电话里感慨："有时候，人活得还不如草。"文友曾去四川地震灾区当志愿者，话里的意思我清楚，是说在巨大的天灾人祸面前，人的生命竟比草芥更脆弱。而现在，我的理解变了，该说人活得不如草聪明。人若有草的一半聪明，不用多少年，地震灾区又会是郁郁葱葱生机盎然了。

草没读过《龟兔赛跑》，实际上它也用不着去学习通过坚持不懈赢得金牌的乌龟，草自己做得够漂亮了。草不曾急匆匆赶路，但草也不会在风和日丽的时光坐下来偷半天懒歇一年半载。它走得很慢很慢，我们看不到草的脚步，但结局却一目了然——我们挖空心思想一统江湖，到头来，却发觉草先于我们占领了世界的角角落落。草无言，却用自己的行动表态：我知道自己不是树，就不企图上天入地；我也知道自己不是牡丹玫瑰，就不求荣华富贵，我只想老老实实贴近温暖的土地，慢悠悠行走，靠骨子里的韧劲总能走遍天涯海角。

世间的生命实际上是一场马拉松比赛啊！弱小的草没什么窍门，最终却比参天大树和名贵花木看到的世界还要高远还要辽阔。

读古诗："青青河畔草，绵绵思远道。"好喜欢"绵绵"一词。它比"匆匆复匆匆"里的"匆匆"优雅，也非"此恨绵绵无绝期"里的"绵绵"可比。与草站在一起的"绵绵"，如大地母亲一样，有着沉静之美。我想着，哪日若我不幸跌了跟头，就去河畔，躺在地上，趴着也行，悄悄聆听草的私语，学着草的低姿态疗伤，然后慢悠悠继续往前走。

锯掉的木头能开花

苏小蝉

只要心里有希望,死去的木头也能开花。

大学毕业后她有了一份待遇不错的工作。热烈相爱的男友回了河北老家,等着机缘合适的相遇,好比等一场流星雨。思前想后,她不顾家人劝阻,毅然辞职,买火车票去了河北。男友却是惊大于喜,他的身边偎着他的新恋人。她失魂落魄地走在曾经无比渴望的城市里,直到打车时才发现钱包已经不翼而飞。手里攥着仅剩的三块五毛钱,她心痛得泪流满面。后来,她找了一个发放医药保健品广告传单的临时工作,每天累得腰酸腿疼也不过二十块钱。她不愿狼狈地逃回老家,更不愿向旧日恋人求援。她住在打工族群居的低矮的出租房里,幻灭感天翻地覆,一天一天都是要命的煎熬。

更多的时候,她眼神冰冷地注视着租住的院子里那些被锯成圆柱体的树桩。它们被乱七八糟地堆放在墙角,苍黄的切割痕迹上被雨水溅出脏污的痕迹。她突然有些伤感——它们曾经是多么青翠欲滴的生命,在原野的风里摇荡青春,或者在农家院前撑出一片郁郁葱葱的阴凉。就像她老家门前的那株泡桐,一场雨过后甚能听到嫩叶拔节的声音,那么清脆,那么发自内心。可自从锋利的刀锯将它们拦腰斩断,它们的生命里充满了杀戮的铁锈的血腥,然后不由自主地被砍去棱角,刨光疤痕,打成千篇一律的桌椅凳子,等待下一个无望的轮回,或许一生都不会再开出一朵梦想中的花。哪一棵树不想开花结果,留一树浓荫?多像自己被残酷斫伤、无处寄存的青春年华啊,一颗心被劈成若干碎片,再也等不到下一轮的绽放,或许要就此枯萎暗淡下去了。可自己竟是一块连些许用途都派不上的废木,不用说打成凳子桌椅,就连烧火都嫌扎手。生活在这样一个阴暗、被阳光遗弃的地方,处处是冷眼和恶语相向,她感觉自己那颗敏感的心在变硬、变冷,浑身长满了抵触的刺。

而对面那个9岁的男孩,也像她一样可怜。他因用药过量而导致耳聋,虽然电锯锯木头的声音惊人的刺耳,他的世界却总是一片绝望的宁静。大人们忙于生活的挣扎,他有太多的时间消磨在乱木堆中,搭积木,玩金沙一样的锯末。

那天,她拖着灌了铅一样的腿走回昏暗的小屋,拿出积攒好的安眠药,准备吃下去。这天正是情人节,街上花童抱着一大束红玫瑰叫卖,年轻的男子便会买上一束或几枝送给心仪的女孩。而她,没有爱,没有在乎她的人。交了房租,口袋里只剩下几元钱,她给自己买了一碗大碗面,流着泪,用温水浸泡开自己最后的晚餐。当她将白色药片倒在手心的时候,眼泪流得更欢了。

突然她听到嘭嘭地敲击玻璃的声音。是对面的那个男孩,隔着玻璃朝自己起劲地比画着。她只得放下药片去应付他。男孩咿咿呀呀地说了一番,看她老是听不懂,于是跑回屋拿来纸笔,歪歪扭扭地写下:你怎么不去约会?我知道今天是什么节!

歪歪扭扭的字迹透着小孩子的自以为是,她点点头,又摆摆手,表示没人喜欢自己。男孩咧嘴嘿嘿笑了,从背后拿出一枝原木色花朵献给她。她定睛一看,是质感光滑的刨花做的,带着刀锯痕迹的柔软线条,像蝴蝶结一样精心盘绕在一起,编织成一朵木质的玫瑰花,散发着树木的清香和月亮的光泽。看着看着,她就笑了。男孩走后,她将安眠药扔到垃圾堆里,然后找来一个废旧的饮料瓶子,将刨木玫瑰花装进去。

那些青春的树干,被刀锯变成千篇一律的树的木乃伊,然后再被刺鼻的劣质油漆遮住生命的光华。她原来一直以为它们是死的、冰冷的、没有知觉的,一日日麻木地混下去。是那枝刨木玫瑰花让她知道它们属于树木的鲜活特质一直都在,只是换了另一种沉默的方式。就像送她刨木玫瑰花的小男孩,不能说话并不能妨碍他心里的爱。他别出心裁地将细碎的锯末当成海边沙滩的细沙,将只能做柴火的不规整的碎木块钉成蝈蝈笼子,将空易拉罐剪成花篮,虽然里面只是养了一株狗尾巴草。

他缺了一颗门牙的嘴每天都挂着灿烂的笑,大脸盘像一朵开心的向日葵。

男孩在废纸片上对她说:你能上大学多好啊!你看你想吃什么就可以吃什么。他羡慕地盯着她的大碗面。是啊,她从没发现自己有那么多值得骄傲的资本。她比小男孩健全,耳聪目明并且还能说一口流利的普通话。小男孩都能像向日葵一样每天追逐阳光,她为什么只看到阴霾呢?何况她有十多年的教育和二十多年的阅历供养起来的头脑,和一双曾经为男友织过毛衣的灵巧的手。

她如梦初醒,收拾身心,开始重新打量让她伤痕累累的生活。后来,她用那些被众人忽视的刨木花做成家居用具和女士用品上的装饰,没想到竟大受欢迎,渐渐地将生意做大,一时竟供不应求。再后来她有了自己的公司,成了地地道道的成功人士。当别人问起她成功的秘诀时,她拿出那一直带在身边的刨花做的玫瑰花,意味深长地说:只要心里有希望,死去的木头也能开花。

玫瑰不着急

苏小蝉

上大学的时候,他就暗暗发誓:25岁要在社会上立足,28岁要在自己从事的行业中有一席之地,30岁要让双亲过上舒适的生活,35岁要有自己的公司,并逐渐将事业做大……毕业5年了,他干过报社记者,做过广告文案,甚至做过一段时间的化妆品营销,可是不仅成功遥遥无期,他甚至连个安身立命的地方都没有打拼出来。

一次,他回老家,给父母买了昂贵的保健品,俨然成功人士衣锦还乡。乡亲们都跑来祝贺,穷了半辈子的父母乐得合不拢嘴。离家的时候,母亲出门送他,从衣襟里掏出皱巴巴的200块钱,嘱咐他去买件秋衣,好好吃饭,不要苦了自己。他低头一看,已磨损得不成样子的内衣袖口不小心露了出来。他羞愧难过得几乎要落下泪来。

回城后,他越发像一头寻找出路的困兽,可越是着急越是处处碰壁。高楼一幢一幢林立着,可是没有一平方米属于他;

车像游鱼一样，动不动就将这河流一样的街道塞得满满当当，但全都与他无关。他那时正在一个文化公司里负责删改校样，工作琐碎得不能再琐碎，并且看上去再干十年和现在也没有太大区别。

那天他散步到公司后面的一个街道花园。正是5月，花园里姹紫嫣红，一个老花工正弯着腰给那些花儿、草儿施肥松土。

他在一个条凳上坐下来，看老人自得其乐地忙活。

那些花他认识一些，有月季、郁金香、栀子、海棠、茉莉，拥挤地在那里开着。花香混杂，在5月的风里，他像一只蝴蝶一样迷失了方向。突然，老人神情诡秘地向他招手，他疑惑地走到老人身边，老人像个顽皮的孩子一样指着他身边的一丛花："小伙子，你看这花俊不俊？"那是几朵红玫瑰，有的已经完全绽开，露出嫩黄的花蕊，有的刚刚打起圆嘟嘟的花苞。这就是那用来象征爱情的花，确实美得让人心服口服，娇艳的花瓣色泽鲜亮，像盛放的一束火焰，他感到自己干涩的双眼都被点燃了。老人又说："小伙子，你再闻闻。"他低下头去闻，一股幽幽的芳香，正随着花瓣的绽放一波一波飘散出来，很淡、很幽暗，却让人一阵欣喜。

老人怜爱地拂去花枝上的残叶，神色迷醉，像是自言自语又像是对他说："原先大家来看花，我让他们看这株玫瑰，都说，嗨，这就是玫瑰啊，看上去跟月季也没什么两样啊……那时它还没开花嘛。刚打春的时候，迎春开了，黄灿灿的，接着蔷薇也开了，小白花好看得不得了，然后栀子啊，茉莉啊，海棠啊，都开了，就是这玫瑰还沉得住气……"说起玫瑰，老人就像说起自己的女儿一样收不住话。

"我就想它不能不开嘛。你看我给它松了多少遍土，施了多少肥——可不是化肥，都是庄稼肥。"

这样美艳的花竟然也是用大粪滋养的，真是不可思议。老人看他神情迷惑，用钩子钩了钩底肥："那些用速效化肥供起来的花不但花期短，而且开得还不好看，还是庄稼肥养花……好看的花从来急不得，玫瑰自己也从来不急，这花那花都争先恐后地开了，它慢慢地打苞，慢慢地开，一开之后谁比它好看呢？开得急的注定成不了大气候，积攒的力量大了，开起来才有气势。"只要说到心爱的玫瑰，老人就一脸得意。

是啊，转过年来，先是迎春，再是蔷薇，然后是栀子、茉莉、海棠……都争先恐后地往前赶，玫瑰不着急，可是你看它如今开得多么恣意、多么忘乎所以。在满满一园子花中，它的娇艳美丽无与伦比。

这么美丽的花儿，象征热烈爱情的花儿，竟也是在最粗蠢的粪肥中植根，然后才捧出让人心花怒放的花瓣和芳香。它吸足了基肥的营养，天地的雨露精华，它有信心，有底气，不着急。玫瑰都不着急，他还浮躁什么呢？

他向老人深深地鞠了一躬，然后跑回了公司。他踏踏实实地从最底层干起，一有空就去图书馆看书，工作中只要瞅到谁的优点，就暗暗记在心里，两年的时间他慢慢升到助理、主管，后来又成为分公司的经理。5年之后，他拥有了自己的公司，生意像雪球一样越滚越大，他也越来越忙碌。但在他的办公室里总会有一盆盆栽玫瑰。熟悉他的员工都知道，每逢要做重大决策时，他都低下头闻闻玫瑰，对那些焦急等待的下属说，玫瑰都不着急，你们急什么？

他还喜欢喝玫瑰花茶，看一朵朵干涩的玫瑰花骨朵在热水的浸泡中，慢慢绽放，仿佛无数朵玫瑰开在了杯中，艳姿摇曳，芳香袭人。想玫瑰这一生，枝芽细弱的时候，它耐心等待，不急于开花；当花苞鼓胀的时候，它拼尽生命的光华，去盛开，去香艳；到花瓣凋谢的时候，它仍是坦然自若的——它已经好好地开过了。即使在还是一朵半开的花苞时就被人粗暴地从枝头摘下，它也不着急，只要经得住沸水的冲泡和几番沉浮，仍然会有第二次绽放的机会。大器注定晚成，好花常常晚开，只要你真是一朵玫瑰，有什么好着急的？

两段人生

陈胜／译

1859年6月24日,31岁的瑞士银行家亨利·杜南前往意大利洽谈生意。途经索尔弗里诺村时,正值拿破仑三世率军与奥地利军队激战。战场上炮声轰隆,硝烟弥漫,由于得不到救助,尘土和血迹裹身的4万名伤兵被遗弃在村庄和荒野,经受着烈日蒸晒,奄奄一息,状况十分凄惨。绝望的哀号和无助的呻吟在旷野上回荡,亨利·杜南的心被深深地震撼了。他没有想到神圣而珍贵的生命在战场上会变得如此卑微和脆弱,亨利此次只是来与拿破仑三世商谈瑞士与法国的经济业务,但是因他来晚了,这才目睹了战争的残酷。

突然,一股思绪自灵魂深处萌生,亨利决定在索尔弗里诺待上几天。在一片混乱中,这位年轻的银行家,虽没有得到官方授权,却主动组织当地的居民成立紧急救护小组,有条理、高效率地救助了交战双方的伤患。历时8天8夜,所有的尸体被掩埋,4000多名伤兵得到了比较妥善的救护和治疗。

亨利返回日内瓦后,他再也无法专心从事他的金融业务了。每当夜深人静,索尔弗里诺战场的悲惨景象便会进入他的梦乡。他开始奋笔疾书。3年后,亨利·杜南发表了《索尔弗里诺回忆录》。他在书中追述了自己在索尔弗里诺的所见所闻和救护伤兵的故事。在书的结尾,他提出建议在各国建立永久性的中立团体,在战时救助战争中的伤员而不管他的国家、阶级、种族、信仰。大作家雨果看完此书后致函亨利说:"你武装了人道主义,满足了人类自由。"日内瓦公共福利局主席莫尼尔说:"本书作者使瞎子也睁开了眼睛……使人类对世人的漠不关心变为热烈的相助。"100多年来,这本书已成为一部传诵不衰、影响世界的巨著,在人们的心中播下了人道、博爱、奉献的种子,使人们萌发了同情和援助伤者、病者、贫者、弱者的情愫。

在一个存在着国家和阶级的时代,在人人都崇尚金钱物欲,并以此为乐的社会,亨利的理想近乎天方夜谭。但是他没有轻易放弃,他为了这个目标奔走呼号,他把努力实现这种人道救助的理想作为自己执着的追求,以致疏忽了自己的银行事业。在亨利的倡导、游说和努力之下,欧洲各国的上层社会对他的建议和设想给予了热烈的回应和支持。1863年2月9日,国际红十字委员会的前身"伤兵救护国际委员会"在瑞士诞生。从此,约束战争行为、倡导人道援助的国际人道主义法律正式产生,覆盖全球、改善弱势群体境况的国际红十字运动也正式兴起。

也许是因为全身心地投入到红十字事业中，也许他本质上就不是一个商人——亨利经营的银行在他43岁时终于破产。后人评价说，瑞士失去了一个商人，人类却诞生了一桩伟大的事业；日内瓦倒闭了一家银行，历史却实现了一次重要的超越。

1901年，亨利·杜南获得首届诺贝尔和平奖。1910年，82岁的他在偏僻的养老院平静地离开了人世。

亨利的人生可以明显地分为两段：第一段人生他被世俗的成功、金钱、名望驱动着，从来没有得到过满足。一个崭新的亨利在他的第二段人生浮现出来，那时他的心中时刻被同情、博爱、奉献激励着，他的灵魂得到了极大的满足。其实每个人的一生都可以分为几段，当他发现人生新的方向之时也正是他前一段人生结束之际。

忙碌的一生中，我们应该学会思考，也许我们今天所走的路并非就是我们的心灵之路，在走了许久的路上我们渐渐麻木，似乎已成为一种习惯。我们应该敞开心扉，真诚而宽容地对待每一次灵魂的遇见，追逐心灵的方向，或许不经意间，你会发现自己已踏上另一条路，那是一段你心灵深处渴望已久的人生。

一粒苹果种子

林特特

你突然间发现你只是在扮演一个角色,有时甚至只是在表现角色所需的态度。

你做老师,便在表演循循善诱;你做会计,便在演绎细心、耐心。

你开会了,你对着领导演沉默;你熬成领导了,又要对着下属演沉着。

你的面前堆着报表或者会议纪要;

你敲打键盘或忙于应酬;

你穿梭在一个个城市间,客舍如家家似寄;

这些都是你角色的必需。

当初对于想要出演的角色,我们都曾做过这样那样的努力。

我们试图挑选,可现实局促,你我都没有守住初衷。

可你的心里,却始终保持着一份渴望,这渴望如苹果种子般，藏在肉身深处。

它来自你儿时的梦想，或是你对自身越来越清楚的认知。这渴望，常与你两两相望，可有时它会突然对你大喝："你所拥有的不是你想要的，你从事的也不是你适合的！"

苹果种子大小的渴望硌得你难受，它让你总惦记着另一种生活。

另一种生活中，有属于你、也适合你的舞台。

你常想，你站在那方舞台，不会再被琐事消磨；不会呆呆地看着热情日渐被销蚀却无能为力；你若站在舞台中央，光打在你的上方，你全心全意地演出，笑，就有人歌颂，一皱眉头，就有人心痛。

就算没有观众也不要紧，你根本不在乎，你所需要的不过是心怀念想和热爱，想到登台就兴奋，唱念做打就冲动。

这些都离你的现实太远。

你才发觉，为什么世上有那么多人沉迷于业余爱好，原来工作8小时之内只为谋生的人太多太多。

是，只为谋生，不谈理想。

你现在的职业不过是你谋生的工具，你每日在出演职业所需要的那个人，那个谁来演都一样的人。你恨千人一面，但卷土重来、从头开始，过程太艰，成本太巨。

所以你日复一日做着手边的事——强扭的瓜不甜，但也能凑合着吃。

升职，加薪，一代新人成旧人。

有一天，你抬起头，扶扶眼镜，顿了顿——你刚才听到后辈对你用尊称。

这些年，你试图找到让自己安详的方式。

你在沃尔玛认真挑选床单的颜色；你星期天去很远的市场买新鲜的蔬菜和水果；你换了新牌子的热水器，第二天上班向同事分享结果。

你的苹果种子很久没有出现过。

你发觉你面目模糊，做什么工作都行；工作需要你什么样，你就得变成什么样；工作需要你什么样，你也就能变成什么样。

像一枚图钉，可以按在任何一块木板上。

这枚图钉逐渐锈迹斑斑。

你做过教师，你的孩子一定说你啰唆："妈妈，我不是你的学生！"

你做过商人，你的朋友私下讨论你精明，没办法，发现处处商机是你的"职业病"。

直至面目全非。

某一天早上，你踩着点走进办公室，慢条斯理地擦桌子、换制服、泡茶，而后读一份报纸。

你恰巧读到一个老教授的逝世。

他的最后一堂课，像一场真正的演出。

"美得一上台就震住了大家。"

"然后,他娓娓道来,滔滔不绝。"

"课后,他一进门便倒下,大病一场。"

他美到生命的最后,留下这样的话:"好,到时候我们出来看月亮。"

你突然被那美震撼,你觉得他是他职业最佳的阐释,他已和他的职业融为一体。他一直站在属于他、适合他的舞台上,那舞台也包容他、赋予他、塑造他、成就他。他自始至终心怀念想和热爱,用本色从容演出,他和他的观众都能获得满足。

而你日渐平庸,

甘于平庸,

将继续平庸。

你当初为了户口、为了待遇、为了安逸;后来为了家庭、为了职称、为了房子……

为了各种理由,

你从不曾站在自己的舞台上,

你没有见过你真正淋漓尽致的演出,

哪怕只为自己演出。

你握住报纸,顺势伏在桌面。

你想起很久以前,你的一粒苹果种子,你原以为会拿它种树。

你竟哭了。

辑五 心灵的凉亭

那些让人肃然起敬的人与事

魏剑美

一

阿尔弗雷德·诺贝尔去世前一年立下遗嘱,决定将自己所有的财产(计920万美元,在19世纪末这绝对是一个惊人的天文数字)都用于奖励那些和他毫不相干的人,他说:"在颁发奖金的过程中,不应存在任何民族偏见和等级观念。"对于当时的人们来说,这的确算得上是一个石破天惊的举动。即便已经过去了100多年,人类历史上也还没有出现第二个如此无私的捐献者。

诺贝尔去世后,遗嘱公之于世,由于其"缺乏爱国主义精神"而引起轩然大波,包括瑞典国王和瑞典科学院院长在内的重要人物都一致拒绝承认这份遗嘱。鉴于诺贝尔在订立这份遗嘱时没有任何法律界人士在场,法学家们明确告诉诺贝尔的家人可以对这一遗嘱提出异议。在当时的形势下,"备受同情"

的诺贝尔家族完全可以要求按照诺贝尔另外的两份遗嘱执行遗产分配,从而轻松获得一笔巨额的财产。但这些伟大的家属最后的决定居然是拒绝所有的"好意",坚持维护诺贝尔本人的意愿。最后,在遗嘱执行人索尔曼等人长达两年多的不懈努力下,终于说服国王接受了这一遗嘱。1901年12月10日,诺贝尔逝世5周年的纪念日,诺贝尔生前的愿望终于得以实现,诺贝尔奖首次颁发给了世界各地的杰出科学家和文学家。

二

鲁迅一生中没有找任何人为自己的作品写序或者介绍文字,也没发表任何沾沾自喜与名流政要往来的"借光"文字,尽管他的故交旧友中多的是像宋庆龄、蔡元培、陈独秀、胡适、林语堂等这些名重一时甚至如日中天的社会名流。

对鲁迅有知遇之恩的陈独秀曾经红极一时,甚至被爱因斯坦、罗素等人称为"东方思想界的大彗星"。这样的"大红人"自然是他人用来往自己脸上贴金的理想对象,但在陈独秀当红时鲁迅基本上没有提到过他。倒是在陈独秀先被共产党开除后又被国民党拘禁之际,鲁迅"不识时务"地站出来宣称陈独秀"是催促我写小说最着力的一个"。

保姆王阿花面临夫家的要挟,鲁迅花150大洋替她赎了一个自由身,尽管年轻的王阿花并不会带孩子,还让周海婴染上风寒后转为支气管炎,以至于久治不愈。

深夜的上海街头,一个洋车夫受伤了,路过的鲁迅和周建人二话没说就动手替他包扎,这时候他已经是名闻天下的"文坛巨子",是很有身份的"上流社会人物"了。

…………

与那个在教科书中庄严伟大的"革命家"和大文豪形象相比,这些细节也许琐屑得不值一提,但正是这些细节让我的心中对他充满了敬意与温情。

三

陈独秀出狱后在重庆过着贫病交加的日子,但却拒绝接受各路政要的巨金馈赠,也拒不领受"素无知交者"的资助。有景仰陈独秀的出版商以稿费的名义买去他的《小学识字教本》,谁知教育部长陈立夫要求改书名为《中国文字基本形义》,遭到陈独秀拒绝。书自然出不成了,那2万元稿费陈独秀便至死都没拿一分。生性高傲的他曾以诗自勉:"悠悠道途上,白发污红尘。沧溟何辽阔,龙性岂易驯!"

陈独秀此类傲岸之举历来为人所称道,而他的一个"污点"却为不少人所痛惜:他临死前曾为生计而给一地主抄写家谱。有人作诗感叹:"都为缔造者,孤魂自飘零;为人作家谱,痛煞后来人。"

但在我看来,陈独秀抄家谱的"卑贱"与他不受嗟来之食的"傲岸"正所谓相辅相成,不但不折辱他傲岸一生的英名，反而更丰满了他可敬的"龙性"脾性：哪怕沦落到为土地主抄家谱的境地，也绝不受无功之禄、未劳之获！怪不得"人世楷模"蔡元培先生曾经慨叹："近代学者人格之美，莫如陈独秀！"

1203，你认识门外的人吗

汤馨敏

有时候，一个人，一件事，会毁掉你的某个价值观，你的生活，而另外一个人，一件事，会帮你恢复，让你的内心更加强大。

那年，我二十岁，在广州一个杂志社上班。就像每个刚刚工作的年轻人一样，我用新鲜好奇的眼神打量着身边的一切，对街上的每个人微笑，把对广州这个城市和那份工作的喜爱，一览无余地挂在脸上。那时候，世界在我的眼里，就像一幅干净的图画。

也许是为了保持这种干净的感觉，每当在路上遇到有人扯皮吵架，别的人纷纷跑上前围观，我却躲得远远的，生怕那恶语和鲜血溅到自己身上。当时，有一个叫叶子的儿时好友也在广州，我们经常一起吃饭逛街。有一天，她得意地告诉我，她抢了一个很漂亮、很骄傲的女孩的男朋友。她说这是她出世后做过的最有成就感的事情。这事如果放在今天，我会一笑置之,但当时,我觉得叶子太不道德了,夺人所爱。当第三者,这是坏女人才做得出来的,从那以后,我视叶子为洪水猛兽,与她老死不相往来。

那时候,我就像一个四肢发达头脑简单的江湖新人,遇人先喝问一声:好人还是坏人?好人做朋友,坏人一边去。

这样的性格,对做编辑记者是很不利的。新闻媒体这个行业,注定了要与各色人等打交道。我的主任不止一次对我说:"你这孩子,什么都好,就是太单纯,太单纯的人在这行混不下去。"

也许是为了磨炼我吧,春天的时候,主任安排我独自去南京做一个采访。那是我第一次出差,第一次去六朝古都南京。收拾行李的时候,我就像买东西中了大奖一样兴奋。

那个城市我认识一个人,他姓安。安是一个朋友介绍给我认识的,我们通过几个电话。安知道我要去南京后,当即表示,他会帮我在莫愁湖边联系一个特别干净的宾馆,请我吃盐水鸭,带我去逛逛城隍庙,看看夜晚的秦淮河。

安的话,让我的心里十分温暖。

到达南京后,安推荐的宾馆果然很好,不仅能看到大半个莫愁湖,而且便宜、干净。

安请我吃饭,跟我谈论张恨水的小说,还有那个叫达利的老头。安很能侃,他对世界历史和文学的熟悉程度让我佩服。席间唯一的尴尬,是在安说到他的妻子的时候。安说,他和妻子之间没感情，现在正在冷战。安还说，找了这个女人，是他人生中最失败的事情。

那是我第一次听到一个男人痛说家史，当时还没有人告诉我，痛说家史是男人背弃妻子的前兆。我只是隐约觉得，安在一个外人面前这样评价自己的妻子，有失厚道，跟安的身份和教养不符。

也许就是因为这个原因吧，晚餐之后，在安送我回宾馆的时候，我委婉地拒绝了他要上楼喝杯茶的要求，和他在楼下道了别。那时，刚好八点半钟。

我以为安回家了，便在房间里撰写采访提纲。我做梦也没想到，安会再来找我。

快到零点的时候，我正准备睡觉，突然有人敲我的门，一边敲一边叫我的名字。我吓了一跳，蹑手蹑脚走到门边，总算听清楚了，是安在叫我！天哪！这么晚了，他来找我干什么？我丢下什么东西了吗？没有啊！彻夜长谈吗？没这个必要吧！那么，他来干吗？是不是有别的想法？直觉告诉我：在这么晚的情况下，不管有什么事，都不能开门！

于是，我悄无声息地走到卫生间，把水龙头打开，然后把电视机的声音调到最大，企图让屋里充斥的声音大到我听不见自己的呼吸。

做完这一切，我揣着一颗怦怦乱跳的心，把自己藏进被子里，但耳朵，却是竖着的，留心着门外的一切。期间，安一直在敲门,声音越来越大,大得我的心几乎跳到了嗓子眼。

我在心里对他说:敲吧,最好把保安敲来!

大约十分钟之后,安真的敲来了保安。保安问他干什么,安说我的朋友刚才喝多了,我怕她出事,想进去照顾她。这个愚蠢的理由居然把保安骗过去了,保安走了,我心里刚刚燃起的一丝希望迅速熄灭了。

就在我不知所措的时候,床边的电话突然响了,刚拿起话筒,就听到一个陌生的男人对我说:"1203,我是你隔壁的1205,外面那人你认识吗?是你什么人?"

我愣了足足半分钟,然后坚决地说:"不认识,你把他赶走吧!"

然后,我听到了隔壁开门的声音,有人对安说:"你这个人怎么回事?在这里吵了半天,把我们都吵醒了!你再不走,我就打110报警了!"

安显然被这话镇住了,敲门声没了,只听到一串悻悻的脚步声。

然后,电话再次响了,刚才那个声音说:"1203,他走了,我敢保证,他今天晚上不敢再来了,你安心睡觉吧!"

我心里一热,说:"谢谢你!"

他说:"不用谢,你告诉我,你真的不认识他吗?他为什么要骚扰你?"

我迟疑了一下,便把跟安的相识过程告诉了他。我激愤地说，竟然有这样恶心的男人，我再也不来南京了！再也不出差了！这个世界太黑暗了！

"1205"想了想，说："也许情况并不是你想象的那么糟糕。他来找你，也许就是为了和你说说话，或者提醒你明天注意什么。再说，就算是他真有什么想法，也不能说他就是一个十恶不赦的坏人。因此，我建议你明天换个地方住，他要是给你打电话，说起今天晚上的事情，你就装糊涂，说睡着了没听见。"

最后，"1205"对我说了这么一番话："1203，你好像刚毕业，我以一个大哥的身份告诉你：不管在哪里，都有好人和坏人。人性是复杂的，善和恶不是绝对的，好人会起坏心，坏人也有好的时候，做人啊，光心里有原则还不行，还得给人留余地。人一辈子，得经历多少事，要想过得快乐点，就得学会忘记不愉快的人和事，记得愉快的人和事。"

那是我和"1205"的第二次通话，也是最后一次。第二天一大早，我退了房，住进了离莫愁湖很远的另一个宾馆。我回广州后，安打电话来，说那天晚上他去找过我，想邀我去看午夜的秦淮河，但我睡着了。我说是啊，那天我一回去就睡了，有人把我卖了都不知道。我还说，南京这个城市很漂亮，人也好，我喜欢。

再后来，安和我不知不觉断了联系。我也在随后的差旅生涯中逐渐成长起来，成了一个处变不惊的老编辑。

去年冬天,我去监狱采访时认识了一个因过失杀人的女囚。她说,她是被男人害成这样的,那个男人欺骗了她,甩了她,还对别人说她如何如何难看,她气不过,找他理论,男人给了她一耳光,她给了人家一砖头,结果男人不经打,死了,她被判无期徒刑。

面对那张很年轻的脸,我第一次深深地体会到:褊狭和激愤,是两味毒药,不仅可以使人生错失丰富和精彩,还能像飓风一样毁灭一切有价值的东西。

从监狱回来的路上,我突然想起了"1205"。这个曾经出现在我生命里的陌生人,我不知道他的样子,只听过他的声音,是他,一个陌生的声音,在我刚刚踏入社会的时候,教我化解人生路上的障碍,教我看待这个鱼龙混杂的世界,看待男人和人性,学习遗忘、爱和宽容。正是他无形中伸过来的手,把我拉出了褊狭的歧路,使我能够平和健康地成长。

他说,要过得快乐,就得忘记不愉快的人和事,记得愉快的人和事。我一直记着这句话,就像十年后的今天,我已经和叶子重归于好,我仍然记得"1205"的声音,记得曾经有个叫安的人,邀我和他一起去看午夜的秦淮河。

心灵的凉亭

方冠晴

今年夏天,我去了一趟望江山。望江山在湖北黄梅县的最北端,再往北,就是蕲春县的地界了。两县之间,有一条绵延的山路,离两县交界的界碑不远,有一座凉亭,就立于绵延的山路边。凉亭的旁边,有一间小屋,很小,小到仅可容身。

凉亭的作用不言而喻,是供路人歇息用的,但那间小屋,又是用来干什么的呢?我有些不解,问随行的一位当地的村民。他笑而不语,领我进屋去看。小屋由砖石垒成,虽小,但门窗俱全。屋内,有简易木床,这床,占去小屋一大半的空间。床上,铺有竹制凉席。这么说,这小屋里住了人?可屋内只有一床,别无他物,怎么住呢?再说,方圆几里之内渺无人烟,谁会住在这里?

村民说:"路人。"说完,他带我去凉亭。凉亭很简朴,但内有石凳、石桌,在亭子正中央的石桌上,搁有一只木桶,脸盆般粗细,里面盛满了水,是茶水,红茶。清凉的茶水中,有茶叶和叫不上名的植物根茎沉浮。桶内还有一只竹勺,斜口长柄,是舀茶水的器具。木桶旁边,两只粗瓷大碗倒扣在石桌上。石桌的底下,放着一只保温瓶,粗笨的铁制外壳锈迹斑斑,显然已有年头,拔下瓶盖,热气袅袅。

村民介绍说,保温瓶里装的也是茶,热茶。保温瓶里的热茶和木桶内的凉茶都是为路人准备的,就看路人的喜好了。说着,他从木桶里舀出凉茶,倒在粗瓷碗里让我品尝。我喝了一口,有淡淡的桂花香,更有一种甘甜凉爽的味道。村民说,那甜味,就是那些植物根茎的汁液,是草药,解暑用的。

我问这些茶水是谁准备的,他说:"一位老奶奶,八十多岁了。她每天都去挖草药,烧茶水,然后送到这凉亭来,供路人饮用,二十多年来,天天如此。"

二十多年?我几乎有些不敢相信,村民便用手指了指凉亭的立柱,立柱上刻有一行字:建于1983年。他说:"这凉亭就是老奶奶筹资建起来的。因为这附近方圆几里没有人家,而这条山路又是黄梅和蕲春两县的山里人常走的一条路,人走到这里,渴了想讨杯茶都没地方讨去,更别说歇脚了。所以,她建了这凉亭,然后每天送茶水到这里来,这样就给路人行了方便。"他又指了指亭子旁边的小屋,说:"这小屋也是她盖起来的,比这亭子晚两年。她建这亭子时只是为夏天路人避暑歇脚用的,并没有考虑冬天。1984年的冬天,一个下雪的日子,一个人因为有急事要赶去蕲春,结果走到这亭子边天就黑了,他不敢走夜路，怕遇到野兽，又没地方借宿，只得在这亭子里过夜。第二天早晨，老奶奶送茶到凉亭来时才发现了他，都快冻僵了。所以老奶奶就在亭子旁边又建了这小屋，夏天在小屋的木床上铺凉席，冬天则换成被褥，这样，路人就可以在小屋里过夜，既可以挡风雨，关上门又可以防野兽。"

一个老奶奶，二十多年如一日，整天为陌生的路人而忙碌，倾其所有，为过往的行人建亭建屋，无偿服务，我觉得，她的事迹，几乎可以参加"感动中国"年度人物的评选了。我决定要见见这位老奶奶，采访一下她。哪知道我才说了我的想法，村民就笑起来："你采访她是没用的，已经有好几个记者采访过她呢，但采访过后都是白忙乎，因为老奶奶接受采访时总是一句话，她不是在做好事，她是在赎罪，她是个恶人，老天报应她，让她老伴过早地就死了，所以，她这样做，是为她过去做的恶事赎罪。"

这确实不是什么光明的写作材料，倒有点因果报应般的迷信观点。我问村民，她到底做过什么恶事，要让她花费二十多年的时间来赎罪。村民直挠头，说："谁也说不上来，只是她自己说她是个恶人。其实她并没做过什么大恶的事。她年轻时在这一带名声不是很好，手脚有点不干净，也就是到人家家里偷个鸡蛋或是到人家菜园里摘一两把青菜之类的事。到她老伴去世时，她就坚定地认为，这是老天对她小偷小摸的惩罚，所以想做善事来赎罪。这一做就是二十多年，自己过着苦日子，天天将时间花在为过路的行人提供方便上。有个记者采访她后曾央求过她,说只要她不再对人说她做善事是为了赎罪,他就可以将她的事迹作为好人好事进行报道,这对她也有好处。但她坚决不肯,说要是这样,她更是骗人的大恶了,反而逢人就说,她不是什么善人,她是在赎罪,到现在,她这话都传开了,所以,人们干脆给这亭子取了个名字,叫'赎罪亭'。"

听着村民的讲述,我默默无言,心里却无法安宁。一点点的小恶,就要用二十多年的时光来赎罪,那么当下的世人呢?谁能保证自己一生磊落,没有过恶行恶念呢?包括我自己,我要用多少年的时光来检讨自己已经走过的岁月和往昔的言行?

继续上路,回过头来望那凉亭,那凉亭仍那么朴实和简陋,没有经过雕凿,没有经过粉饰,一如老奶奶的质朴和坦诚。我想,这凉亭也许不仅仅是为路人建立的,也是老奶奶为自己的心灵建立的,她用这个凉亭,荫庇着她自己的善恶观念和道德准则,也为自己曾有的过失,找到一处心灵安歇的地方。

村民说,这亭子叫了"赎罪亭",老奶奶的善行就没显得多么高尚,但有了这个亭子,作用还是很大的,望江山这一带民风淳朴,多少也是受了这个亭子和老奶奶赎罪观念的影响。

寻隐者不遇

陈长春

那年冬天算不上太冷,我经受了一次工作的波折后,就渐渐厌倦身边的这座城市,经常一个人背着包在郊外游荡。刚到北京的时候听朋友说离市区百里远的上方山上住着两位居士,两人本是父女,后来父亲出家做了居士,女儿长大了以后也皈依佛门,来到父亲居住的地方,在相望的山头成为当地唯一的尼姑。两人一直隐居在山里,女儿时常步行到对面的山头照顾年迈的父亲。闻此情形,我当时萌发了前往山中拜访两人的念头。

由于当地交通不便,我坐着摇摇晃晃的长途客车到达山脚时,天已近黄昏。我当时执拗地从管理员那里买票上了山。我想山上既然有人家,肯定有住的地方,所以就大步流星地沿着山路进山。天很快黑了下来,我带的食物和水在车上就吃光喝完了。但乘着心底的一些兴致,我仍旧勇敢地一路前行。快到半山腰的时候,天已彻底黑了,那天恰巧山中有些雾气,连星星都看不见一个。第一次领会了什么叫伸手不见五指的滋味，我心里渐渐有些打鼓了，后悔自己不该如此莽撞。但既来之则安之，我于是加快了脚步，并不断向山顶望去，希望能看到让人鼓舞的灯光。但走了很久，除了四周的山石和乱糟糟的树木以外什么都没有看到。

当我路过一个平台时，突然发现树林里"腾腾"地有什么动静，我当时心里一紧，在山中遇上坏人的可能性倒很小，但若是出来个什么野兽不也照样玩完？我站住不动，发现那黑影也不动了，后来有几声低低的叫声，根据我以前在农村生活的经验，判断那可能是几只驴子。慢慢走近仔细一看，果然没错，这时我大松一口气，并开始振奋起来，因为山里人一般用驴子驮运货物，有驴子就说明附近有人。我加快脚步接着往山上走，走得满头大汗。但过了好久还是没有人家，到最后令我担心的事情发生了，我走了半个多小时以后，不知怎么回事又绕回到了那几头驴子跟前。我迷路了，而且是在一座从来没有来过的山里，在一个伸手不见五指的夜里。我当时脑袋里就像打翻的水缸一样，思绪乱成一团。现在已经没有任何心情找老和尚和小尼姑了，随便哪儿只要能有个落脚的地方就好，总不至于大冬天的晚上让我和这些驴子过夜吧！

我努力让自己平静下来，并仔细观察附近的每一个山包。在远处最高的一个山包上，隐隐约约好像有点灯光。顺着那个方向，我看见有个小小的路口。我当时几乎像找到救命稻草一样,马上找到了希望,反正在这里不是待着不动就是沿着山路转圈,不如试一下。

我沿着那条小路走了上去。

跨过一道山谷,翻过两个山包,终于看见了那点清晰的灯光,并看到了灯光所在的那座小房子。这时月亮已经慢慢从云层里出来了,沿着一条干干净净的小路,我走到那个房子跟前。房子是个岗楼的样子,两层。我没有直接敲门,只是站在下面喊了一声:"请问这里有人吗?"

过了一会儿,楼上的窗户里露出一个中年人的头,大概50岁的样子。"你找谁啊?"

我一时不知道怎么回答,说:"我是一名游客,迷路了。"

"你上来吧!"他从窗户缩下头去,随即开门出来,手里握着一把手电筒,帮我照着门前的梯子。

刚才只顾赶路,冒了一身的汗,停下来时就发觉有些冷了,但一进屋子就立刻暖和了。中年人说自己是这里的护林员,并问我怎么这么晚上山。我把大致经过给他讲了,他没有接着再问,只是温和地问了句:"饿了吧!我给你弄些饭去。"还没有等我回话,他就下楼了。

我听见了楼下房间里炒菜的声音。

屋子里摆设比较简陋,两张生锈的床和一张没有漆的桌子,床上的被褥已经打开,看来主人刚才已经上床了。桌子上摆放着一台老式的黑白电视机，电视里一片雪花，正播放着一个戏曲节目。脚底下有个炉子，正静静地烧着，炉里的火炭把炉底的地面映得通红。

大概过了半个小时，护林人端上来一碗热腾腾的米饭和炒土豆丝。我感激地看着这位头发有点花白的大叔，刚想说点什么，护林人说："快吃吧，肯定很饿了。"我于是也顾不上什么形象，狼吞虎咽地扒拉起那些饭菜，不一会儿碗就见底了。

"我再给你盛一碗米饭！"我说："不用了，我是西北人，吃米饭就是这个量，一般习惯吃面条的。""那你把这些菜吃完吧，暖和些。"然后他从窗台上取下一瓶二锅头，自己斟上一杯也要给我斟一杯，我笑着推辞了。他说山里晚上炉火熄了后全靠这点酒取暖，说着便同我一起边吃菜边聊起天来。他问起我的工作，我说在部队做翻译，他马上对我肃然起敬，然后数落他那臭儿子就是学不好英语。我说英语那玩意男孩子一般都学不好的，大学时我们班前十名里面没有一个男孩子。他笑着说我那是宽慰他。我问他平时都是一人在这里护林吗？他说有个年轻人和自己轮换的，周末年轻人下山到城里上补习班去了，留下他一个人看守。他上前整理了一下那个床铺，说今天晚上只好让我在这个床上凑合一晚了。

我打开了那床被子，上面明显带有油污和青年男子的体味。他仿佛看出我有些别扭，笑着说："山上运水不方便，被子可能有点脏，委屈你了。不过我的被褥刚换不久，可能要比小伙子的干净一些，要不我和你换吧！"我连忙笑着说："没事，不用啦！"仅仅是离开北京一百多里的山里，人们就如此淳朴厚道，我心里顿时觉得暖暖的。

他脱完衣服，平静地上了自己的床。我们之间隔一张桌子。第一次在这样的情况下和一个陌生人同睡一室，真是有种说不出的感觉，不过我心里当时真的很感激他，几乎没有一点只身在外特有的防范意识，反而感觉这个护林人的温和与厚道给人无限的依恋感。倒也是，若不是他的话，我现在不知在哪睡觉呢！

这座房子为了护林时观察方便，四周全部安装的是玻璃，我们仿佛躺在一个透明的大盒子里。外面的月亮已经高高地挂在云层上面，把屋里照得亮堂堂的。四周是薄薄的雾霭和树影，现在这些东西看起来一点也不可怕了，倒是很有诗情画意。我看他还没有睡，就闲聊起来，问他平时在这里觉得孤单吗？他说和大自然在一起的人是不会觉得孤单的。我简直惊呆了，思维从刚才闲聊的心情急转弯一样回到一种课堂的感觉。我难以相信这句话出自一个平凡得不能再平凡的护林员之口，也许因为这是他心里埋藏许久的肺腑之言，也许他根本就不平凡。没等我多想，他接着说他在这座山里当了十多年的护林员了，对这儿的每一个山包每一朵野花都有感情。我想也是，毕竟工作了那么多年，肯定是难分难舍的。最后他转过头来淡淡地问了我一句：你写诗吗？我又一次惊呆了，这次几乎是震撼。这是多么陌生的一种提问方式啊！从一个城市到另一个城市，尽管我已经跟那么多诗歌和所谓的诗人打了十多年的交道，但从来没有一个人这样认真地问我：你写诗吗？在那一刻，我觉得他已经不仅仅像开始时认识的邻家大伯了，而是一位让我仰之而不及的老师，一位真正可以称之为诗人的人。他给了诗歌以绝对的尊严，而其心里又埋藏着多少我之前从来都难以触摸到的美好。

我说可以念几首你的诗给我听听吗？他显得很高兴，侧过身子来对着我，淡淡的月光下，我看不清他的面部，但我能够感觉到那双亮亮的眼睛。他说都是自己在巡视途中和山中生活时想出来的，是格律诗，不是年轻人搞的那些现代诗。他的声音很好听，朗朗的。也许当那些东西呈现出来时很多人会认为那是不怎么成功的作品，但在那一刻，的确深深地打动了我：

雾重深秋夜中凉，晨撒大地万重霜。
唯有松柏不变色，笑看红叶争宠忙。

他说这是他当年因为拒绝替一位领导写书，而从一名教师被贬为护林员的时候写的。看来我对他原来职业的预感丝毫不差！接着他又说自己和这里的那两位居士常有来往，有一首就是一次去老居士那里拜访的时候写的。

青苔满地无踏迹,一株熟梅正逢时。

虽无密室高僧引,出墙红杏总相知。

  直到现在我对那个美丽的夜晚都念念不忘。我记得当时我们很兴奋,现场随意兴起地对了很多诗句,具体内容已经记不清了,只记得玩到兴致高的时候他又打开了一瓶二锅头,和我对饮起来。之后我们两个裹着厚厚的棉被像两只乌龟一样跑到楼下的厨房里找木屑,给熄灭的炉子引火。

  第二天早晨我醒来时,发现他已经起床不在屋里。我竟然有些落寞的感觉。有些至真至纯的东西真的可以在那么短的时间内把两个人拉近。我打开窗户,山中清冷的空气扑面而来,尽管是冬天,但山的肌肤和树的骨骼映衬在一起,还是有一种力感的美。我忽然想起当初要拜访的那两位居士,并想起一些之前想极力摆脱的东西,觉得现在不需要去找他们了,因为这位可爱的护林人已经给了我所有的答案。很多时候当你走上旅途时,总是那些不经意的人和事会帮你轻而易举地摆脱自己编织的牢笼。对那些人,是应该心存感激的,因为他们本身的生活状态,对你就是个启迪。

  这时门开了,护林人窝着腰把一大碗热腾腾的面条摆在我的面前,是满满一碗白面条,手擀的,一个男人擀的。

不要在贫穷面前说出你的名字

海宁

一

站在他面前,我的头低得只能看到自己的脚尖。脚上是一双白色的球鞋,很便宜,却是我穿过的最好的鞋。我终于咬着牙说出了那句生涩而卑微的话:辅导员,我是贫困生,我请求学校救助。

这样的话,再一次将我原本脆弱的自尊抽打得七零八落。拿到录取通知书后,父亲就开始低三下四地到处借钱。母亲常年腰痛,却舍不得花钱治疗,忍耐着。临近开学了,学费还差一截,为此,父亲揪着头发愁容满面,几乎让我生出放弃上大学的念头……

一幕幕的情形,我艰难地讲述给他听,不时地停顿。令我为难的,不仅是我贫穷的家境,更是我要将这种境况,讲给一个陌生人听,以博得他的同情。这中间,他一言不发。我不敢抬头看他的眼神,是质疑还是不屑。他的沉默让我更加不安,几乎要坚持不下去了。终于,我再也说不出什么来,只说,我,我……

这个时候,他终于开口,你叫姜小庆?

我点头,喏喏地应着。

那么,他说,姜小庆,请你抬起头来。

严肃的、略带命令的口吻。

我的心一慌,却还是在他的命令下抬起了头。

这是个面容干净、沉稳的男人,四十几岁的样子。他看着我,眼神里,并没有我想象的质疑或者不屑。事实上,他非常平静。

我相信你的话。他说,姜小庆,如果你相信我,先回去,等我想想办法,好吗?

他的目光透过干净的镜片,有种不可置疑的真诚。我点了点头,想了想,深深地给他鞠了一躬,转身朝外走去。

等等,他忽然喊住我,姜小庆,不要对任何人说出你的贫穷,包括同学和老师,至少现在,先不要说。

二

已经到了交学费的最后期限,他还没有带给我任何消息。我在等待中焦灼不安。

终于,他来找我了,将我带到学校的操场边。

操场上,许多男孩子在踢足球,奔跑着,喊叫着,欢快无比。这是我向往的大学生活,我就站在它面前,却感觉它离我很遥远。

姜小庆,他沉吟片刻,问我,怕不怕吃苦?

不怕!我坚定地回答。

那好,我给你找了份工作。下午放学后,你去一家超市装卸货物,暂时你只能做这个。他们会预借给你一部分学费,你可以慢慢用工资抵。

工资不高,应该够你吃饭了,他们还管一顿晚饭……

真是太好了!对我,这无疑是个天大的喜讯,还有什么苦不能吃的,只要能保住我的大学。

好半天,除了说谢谢,我再说不出别的话来。他却制止我,你靠你的劳动赚钱,不需要谢任何人。还有,你现在是个男子汉了,自己的事,学着自己承担,不要诉苦,明白吗?

记住,姜小庆,不要把贫穷写在你的脸上。

三

大一的课并不紧张,这样,除了每天从下午6点工作到晚上10点,其余的时间,我收集超市那些废弃的纸箱,这样可以多赚一点钱。我一点点地积攒着,因为大二的学费,我不可能也不想再指望家里。经常可以见到他,他代我们一门课,每周有6节。来上课,只似平常的老师,讲课,或者传达一些学校的事情,目光,并不在我身上多停留一秒。

开学快两个月的时候,学校对特困生发起了一次救助。生活委员拿着纸和笔四下询问,需要救助的同学先登记一下名字,然后把家庭情况做个说明报上去,看是否符合学校的救助条件。

教室里喧哗起来,并没有谁站起来报名。事实上,我看得出,他们的家庭条件都说得过去,如果说真的有符合救助条件的,我想,我是唯一的。

那一刻,我忽然犹豫起来,这次机会对我很有诱惑。虽然凭借自己的劳动,大学生活也还可以维持,但,并非不艰难。枯燥而繁重的劳动仅仅可以换来温饱,我不敢多花一分钱。为了省一块钱车费,下班回来我宁肯步行,每每在宿舍楼关门前几分钟,气喘吁吁地赶回去,然后平定神情,说,去图书馆了,在教室呢,在电脑室呢……

而现在,终于有次可以让我喘口气的机会了。我怔怔地坐在那里,听着生活委员例行公事地又问了一遍,有没有啊,错过了可就晚了……在他的询问声中,我说出名字的念头越来越强烈。

他忽然在这个时候走了进来,完全像是无意识的。进门,先看了我一眼,只是短短的一刻,目光便离开。他走到生活委员身边,和他说着什么。

我的念头就这样被他的目光一下打消。不知道为什么,我似乎听到他对我说,姜小庆,不要在贫穷面前说出你的名字。你可以自己拯救你的贫穷,你做得到。

然后,他笑着同我们招呼一声,转身离开。

我没有说出我的名字,而那次的统计中,我们班成为学校唯一没有同学申请救助的班级。

我不知道他为什么要让我那么做,那时候,我还不明白,只是愿意去顺从他。

四

大二的时候,他开始帮我联系周末兼职做家教,这不再是个不"体面"的工作。很多家庭富裕的同学也开始打工,为了证明自己的能力。

因为一直掩饰,并没有人将我当作特困生,至少,他们不认为我真的穷到那种地步。彼此之间,都是平常的同学关系,没有谁同情或怜悯我。

我和他之间,看起来也只是平常的师生关系,除了帮我找工作,他要我用自己赚来的钱生活,私下里并没有给我其他的帮助,也没有让别人帮过我,甚至,还断绝了我接受救助的念头。

我感激他,也一直按照他的话去做,但有时候,并不太明白他的心思。

大二快结束的时候,学校和社会联合举办了一次大型救助活动，学校的特困生成为接受救助的主要对象。

他们的名字被公布在公告栏中，当然，我不在其中。那一刻，我多少有些遗憾，很好的接受救助的机会，被我错过了。

救助活动在许多人讲过话后进行到高潮，那些学生走上台去，接受捐助。他们被要求站在主席台上，手中举着接受捐助的大大的支票模板，被要求抬起头来，对着摄像机。

都是一些如我般年轻的面孔，依稀在镜头前微笑，我却无法分辨那笑容的内涵。因为我分明看到，他们总在下意识地低头，低下头，觉得不妥，又抬起来，却又下意识地低下去，不想被别人看到一般。

一个女孩子被推到前面接受采访。很好看的女孩，脸上有我所熟悉的羞涩而略带卑微的神情，感谢的话很像台词，说着说着，眼泪就掉了下来，再也说不下去。主持人说，她因感动而流泪。但我却觉得，她因无奈而流泪。

我相信，如果可以，她宁愿不要接受捐助，宁愿不站在闪光灯下，说出她的名字。

就在那一刻，我完全明白了他的良苦用心。他说，不要对别人说出你的贫穷，不要把贫穷写在你的脸上，不要在贫穷面前说出你的名字……他用这样的方式，将我被现实逼迫着跌落的自尊完整地接住，并为我还原。

那一刻，站在台下，我感觉到了一种前所未有的骄傲，骄傲得想大哭一场。

五

毕业后,带着充足的自信,我顺利地在这个城市找到了工作。

后来不经意间得知,当初在学校接受过救助的同学,几乎都离开了这个城市,并且不肯与昔日的同学再有来往。接受救助始终是他们心底的一块伤。纵然一切责任都可以推给现实生活的无奈,但我知道,或许只有我们这些曾经在贫苦中抗争过的孩子知道,自强自立,始终是我们共同的梦想。

是他,给了我超越梦想的翅膀。

听从内心的声音——专访林清玄

一盈

这是一片闹中取静的小区。按响了门铃,门立刻开了。工作人员压低声音说:"林先生正在休息。"嘘声。极大的窗子,秋日的阳光淡淡洒入,温暖和煦。

少顷,林先生走出来。一袭布衣,长发飘洒及肩,面容清癯,没有丝毫睡意。于是我猜,适才他是在打坐。

林清玄先生是习佛之人,打坐诵经是每日必修的功课。此次从台湾来京,行程紧密,俗事冗赘,但依然保持清修戒律。不像一位名满天下的作家,倒像一位道骨仙风的高僧。

苏东坡说:"宁可食无肉,不可居无竹。"林先生亦然,不可或缺的是茶。除了写作、习佛,品茶亦成为生命的一部分。上午写字,下午品茶,傍晚去田野里散步,日复一日。流光去了,品位留下。

佛讲五蕴皆空,然而,对茶却始终空不了。走到哪里,随身携带茶叶。这次带了台湾高山乌龙,无论多忙,也会抽空到内地茶行转转,品品龙井,喝喝银针,看旌旗林立,赏杯里飘萍。

晚上与茶友品茶论道,说起茶画:"中国人的茶画有深意。品茶的人画得很小,但山水很大,留白也很大,这便是境界。人事渺小,所以当放下固执。"

境界。20岁时,在桥上;30岁时,在楼上;40岁时,在山上;今年55岁了,他笑曰:"在云上。"于是,走过"莲花开落"的浪漫,走过"菩提系列"的悲悯,而今回复茶的寻常。

他说20岁时不敢写茶,因为太年轻。而今识得茶滋味,因为人生沧桑。正如茶叶,已被开水层层激荡,才能淬炼出芬芳。

其实,"林清玄"不是他的笔名,而是真名。弄清楚这点,仍有小小意外。或许一切皆注定,否则很难解释几乎没受过教育的农民父母缘何随口叫出如此高深的名字——充满佛心禅意。

故乡是台湾高雄旗山一片广袤山区。父母经营林场农田,家里兄妹近20人,他排行12。"吃饭是可怕的,每次端到碗,首先往碗里吐唾沫,否则便被抢去。"

面对严酷的生存现实,很难设想精神的丰沃。书,是极其少见的。对于文字,却有着天生的敏感。小学一年级,看到《葬花吟》,虽然不懂,竟然无端落泪。悲悯,与生俱来。

性格内向,不喜交游。8岁立志当作家,一本正经说出后,众人捧腹，父亲扬手给他一耳光。纵然如此，矢志不渝。为了思考，从小学会散步。害怕迷路，便沿着河流、铁路慢慢走，走一整天再走回来。找一个山洞，独自坐在里面想东想西，天马行空，他命名为"秘密基地"。

一个多么奇怪的孩子。感谢生活的困窘，种种怪异没有被父母发现，或者发现了也只能漠视。小学四年级，带成绩单回家，满篇红叉，没一门及格。父亲哈哈大笑："终于有了接班人。"

在被忽视的角落，他安静而叛逆地长大。大学时，老师布置作文。交了后，被老师唤去办公室："林清玄，以后我的课你不用来了，因为你的水平已经比我高。"

渐渐的，开始参加文学大赛。从少年到青年，几乎包揽台湾全部重要奖项。才高世嫌，只好召开记者会，宣布不再参赛。

被称为"台湾十大才子"之一，亦被誉为"当代散文八大家"之一，但从来不承认自己是天才，甚至因贫穷才浅自卑良久。

上高中时，觉得必须努力，于是规定每天写1000字。服兵役时，觉得应该更努力，便规定每天写2000字。军营6点吹号，于是4点起床，写两个小时。工作后，觉得应该再努力，于是规定写3000字。这个习惯，一直保留到今天。三十多年来，没有一天中断，无论阴晴。

所以，你可以想象那130多本畅销书的由来，更应该明白一件精品的千锤百炼。小知不及大知，小年不及大年。境界有高低，于是，便有蜩鸠与鲲鹏、朝菌与冥灵之区别。

32岁时，闭关修行，隐居山林。其时正值事业巅峰，任《中国时报》主笔，并担任电视台经理。只是，突然感觉虚妄。繁花似锦又如何？长命百岁又如何？富可敌国又如何？一切皆如梦幻泡影。而一个有慧根的人，一定会对生命及宇宙产生终极追问，在人生的某一特殊阶段。

他闭关3年。打坐、诵经、散步、过午不食，不染尘世。3年后下山，褪去才子之锋芒，平添众生之恬淡。他在菩提园讲经论道，开始只有十几人，后来发展到上千人，再后来便有轰动一时的"菩提系列"。于是，他被上升为"大师"，不求己身得安乐，但愿众生得离苦。

然而，顶礼膜拜中，他却离了婚，并且迅速再婚。新娘很年轻，也很漂亮。感觉受欺骗，台湾妇女组织在公共场所焚烧他的书，以示愤怒。"没有道理嘛，她们应该来我家烧。"他笑着摇摇头。

大火流金，清风穆然；严霜杀物，和气蔼然。他继续著书，继续修行，继续投入生活。他报了烹饪班，在家庭主妇中拔得头筹；春茶下来，他遍访茶山寻茶结缘；他穿长袍、蓄长发、结长辫，在欧洲总被误认为"中国功夫"；他自嘲像《功夫》里的火云邪神，遗憾不会蛤蟆功……他显然是特立独行的，只是不愤世，不嫉俗，不令人如鲠在喉。姿态超然，风度温和。

"这并非刻意，而是天生。我从小就有一种能力，能够听得到内心的声音。人生的重大转折均缘于此，比如辞职、闭关，包括离婚。"

所以，一个忠于内心的人，永远不会身陷囹圄。无论时代、世俗，还是宗教，无论出世与入世。更何况，菩提本无根，明镜亦无台，而囹圄何来？

《读者·原创版》：林先生，首先向你求证一件趣事：听说你儿子从小发誓不当作家，是真的吗？

林清玄：哈哈，是真的。小时候，我的大儿子写作文《我的志愿》，写想当医生、科学家等，唯一不要当作家。老师很奇怪，问你爸爸是作家，你为什么不想当作家？他说，拜托，我还要保护我的头发呢。可能他觉得爸爸头发脱落与写作有关吧，哈哈。

《读者·原创版》：你恰好形成反差。你出身贫寒，但8岁立志当作家，仿佛一个懵懂的孩子，却往往隐藏了大智慧，直抵终点。

林清玄：我是学佛的，相信宿命。佛家的观点是，人与植物一样都是一个种子，投胎时就已经注定，比如梨子的种子肯定不会长成苹果。对你目前正在从事的事情，其实早已被种子注定。

每个孩子都是一个老灵魂,带着生命本真而来。比如我有3个孩子,每个都不同。哪个更优秀,是很难比较的。如果非要比较,就好比让苦瓜与辣椒、甘蔗与柠檬比较似的。其实酸甜苦辣各有千秋,但如果被成人强行扭曲成别的模样,好比让苦瓜长成甘蔗,就是悲哀了。如果你认识到这一点,就会对这个世界比较包容。

《读者·原创版》:你的文章多次被收录于教材,对于一位作家来说,应该是最高的认可了吧?

林清玄:对呀。大陆好像小学、初中、高中语文课本里都收录了我的文章。小学比较多,收录了3篇。我曾经去深圳一所小学访问,校长开玩笑说,林老师,你的文章被选得最多了,仅次于毛主席了。(笑)其实我还有一篇文章被翻译并选入美国中学教材。可能我的文章比较精练、隽永、简单。我写文章的态度是,你可以写深奥的东西给十个人看,也可以写简单的给一千个人看,那么我选择后者。我想一种简单的、隽永的、美好的情怀,是全人类都能接受的。

《读者·原创版》:还有最重要的一点:佛性。作品的佛性源于作者的佛心,你与佛是怎样结缘的?

林清玄:小时候我住在乡下,有一天,从宜兴过去一个大师,现在在台湾很有名,叫星云大师。在离我家很近的地方,他盖了一座寺庙,叫佛光寺。那时我家种水果,有时候水果太多，父亲就让我送水果给师父们吃。小学四年级，有一次，我背了一袋香蕉去送，恰好赶上庙里举行皈依仪式。我远远看到星云大师，无比神往，心想，这么美好的一个人，如果是我的师父该有多好。正想着呢，一个和尚跑过来说，小弟弟，你也过来皈依吧。我很高兴，就赶紧皈依了，其实当时什么也不懂，但懵懵中却成了佛家弟子。

后来，我跟乡下穷孩子一样，也进城寻找所谓的成功，渐渐对佛淡忘了。直到去报社工作后，经历了很多波折，才又想起小时候的佛缘。

《读者·原创版》：于是便有了举世哗然的"3年闭关"。

林清玄：是的。我当时读到《至尊奥义书》，突然就想出世了，于是辞掉工作，跑到山里。于我是很自然的，但社会不能理解，那时候还有很多文章探讨我为何突然出世。我常讲，当你面临人生重大选择时，你可以听别人的声音，也可以听自己的。但如果全听别人的，你什么事情也做不成。

《读者·原创版》：很多人选择闭关修行，绝少再入世，但你却重返世俗生活，为什么？

林清玄：闭关快满3年时，有一天我到一座寺庙散步，看见一个和尚蹲在香炉前烧东西。我上前一看，大吃一惊，他竟然在烧佛经！问他为什么，他解释，这佛经是3年前一位施主印的，可是3年来，始终没有人来拿，寺庙堆不下。讲完，他说，我还有事，你来继续烧。我就一边烧佛经，一边感慨万千，打开来看。一看就明白了，印刷很差，版本很差，连标点都没有。别说别人了，连我都不想看。要知道，很多人印佛经是为了积功德，印得越多功德越大，求量不求质。所以我想，佛经这么好，知道的人却那么少，有没有人可以把佛的智慧告诉众生呢？正想的时候，我又听到心的声音了。两三天后，我就打包下山，一面写佛教的书，一面做关于佛教的演讲。

《读者·原创版》：今天，越来越多的人试图通过宗教获得内心的安宁，包括时尚人士。比如前一段时间刘嘉玲与梁朝伟选择到佛教小国不丹举行婚礼。你如何看待信佛渐渐成为当今另一种时尚？

林清玄：这很好啊。我认为一个完整的人必须具备三个层次的追求：首先是物质与欲望的追求；其次是文明与艺术的追求；再次是精神与灵性的追求。如果只有第一个，那是动物；如果只具备前两个，那你对生命根本的痛苦不知如何面对；如果三个都有了，人就完整了。所以现在大家都在追求饱满的人生，终极一定是对灵性的追求，这是最美的状态。

《读者·原创版》：前些天，著名艺术家蔡国强也透露了一段心事：曾经想去老挝一个寺院里归隐，可遗憾地发现那里也商业化了。于是重返世俗，把奥运开幕式当作修行的场合。

林清玄：呵呵，非常有趣。他和我蛮像的，都发现入世有可能做出更好的事情。入世后，如果心不混乱、不动摇，其实也是一种修行。比如你正要拜一个大佛，突然发现佛头上装了避雷针,你还会继续拜吗?比如一尊佛像开光,全村人极尽赞美,可突然一个孩子一边挖鼻孔一边说,佛的手指这么粗,鼻孔这么小,他连鼻孔都挖不到,你们还拜什么啊?(大笑)

这样的文章我写过很多,就是想让人回到内心世界。学佛,是通过自我的觉悟迈向更高的境界,而不是简单地拜佛读经,甚至把学佛变成时髦,那是没有任何意义的,也是另一种迷失。

《读者·原创版》:你是作家,也是茶道高人,并且认为"平常茶,非常道"。茶、禅、道,你应该有特殊的思考吧?

林清玄:我喜欢拆字,比如"茶"字,上面是草,下面是木,人在草木之间,就是天人合一。"禅"字,左边心,右边是单,那么单纯的心就是禅。那么"道"呢?一个走,一个首,就是第一条要走的路是最好的路。这样,这三个基本概念就都有了。为什么"茶禅道"要合在一起呢?因为喝茶时会有单纯的心,当你从茶里品味单纯的心和内在的平静,那就如同打通了任督两脉,进入了比较好的境界。

《读者·原创版》:在台湾文学圈,你是出了名的人缘好,有很多好朋友,比如古龙、三毛等。

林清玄:是的,以前我常向他们约稿。那时常和古龙拼酒,拼了酒他才给我稿。年轻不懂事,两个人拿两个脸盆互相拼,一人倒6瓶绍兴酒,然后"干盆",看谁最先把一盆酒最先喝掉。经常喝着喝着,两人同时醉倒。

至于三毛,我常说她内心有个小女孩没长大,虽然年纪也不小了，可打扮行事都像没长大。有一段时间她告诉我想去美国，想把台湾的房子卖了。我非常想要，那是一层楼，上面有个花园，现在是三毛纪念馆了。当时讲好价钱400万，我赶紧向朋友借钱，第二天要签约了，头天晚上她突然给我打电话说房子不卖了。我非常吃惊，她说，屋顶的柠檬开花了，我要等它结果。哇！当时我气得半死。不过气过之后再想，这就是三毛吧。

《读者·原创版》：这两个都是故人了，如用佛家的眼光看待生死，也算解脱吧。

林清玄：是的，可我时常感到可惜，终其一生，他们都没有宗教信仰。

《读者·原创版》：你曾经说过，20岁时在桥上看风景，30岁时在楼上，40岁时在山上，50岁时在云上……如果有人问，林先生，我也想在云上，我该怎么办？

林清玄：孙悟空与如来佛斗法，刚学会翻跟斗，每次翻到云上总跌落下来，翻了很多次才坐到云上。所以，如果现在一个二十多岁的人过来说，我也想像你一样在云上，那我会说，你还是先在桥上吧。人生每个阶段都不一样，如果始终坚持一个更高的追求，自然就会往上走。中国字很有深意啊，你写一个"谷"，一个"人"，就变成"俗"。写一个"人"，一个"山"，就变成"仙"。看到很多人沉溺于物质，崇尚名牌，你会觉得他们在走向山谷。如果一个人喜欢读书、爬山、思考，他在往上走，总有一天能得道成仙。

写一封无法送抵的信

浅草

前段日子，我对密友可丽产生了前所未有的憎恶感。

我们俩是至交，那时我刚离婚，有些落寞，便经常叫她过来住。我有所一居室的公寓，简洁、干净。在这个城市，两个单身、漂亮的都市女子，一起喝咖啡，相伴而行，便成了一道风景。

事情是从我新交的一位男友开始的。他叫佐罗，双眸明亮，手指白皙修长，是我喜欢的那种类型。一起喝茶的时候，我和可丽一左一右，谈笑风生。那天我们谈得非常愉快，而佐罗呢，看着我们无拘无束地大笑的样子也羡慕地感叹："女人和女人之间的情感是神秘的，不可捉摸。"

趁我去洗手间的时候，可丽打听他的情况：单身，艺术学校的老师，有房和存款，三十五岁，离异，渴望家庭生活，对我印象很好。

分手后，刚从电梯进屋，我的手机就响了，一个温柔的男声说:"到了吧,我在你家窗口下面。"我冲到窗前,月光下那修长的身影令我心动。

我和可丽相视一笑,说:"有感觉。""好好把握机会。"可丽调皮地一笑,拿起自己的小包打车走了。

一个月后,我和佐罗的亲密感与日俱增。佐罗开始在我的小居室里敲敲打打,钉出一排原木书架和矮柜,我们给床穿上漂亮的罩子,给窗帘拉上紫罗兰色的帷幔,不到三天工夫,我那个中性简洁的家,一下子变得温馨、浪漫。正如可丽所说,像一个婚房。佐罗正式入住到我的家中。我们刚精心布置好一个小屋,可丽就像一只寄居蟹一样挤了进来。那段日子她正在找工作,没有什么事情,总是在外面混了一天后就来到我的小家。

可丽和我们一起吃饭,一起上街,佐罗为我买一顶帽子,她就不客气地也要上一顶。

我知道,可丽以功臣自居,觉得我们有今天她功不可没。可不知为什么,我突然对她产生了一种难言的敌意。她将我的新抱枕扔在地上,说要躺在地上读小说;佐罗为我精心烹制的油淋茄子,被她抢吃一空……

我常常气得胸口发堵,真想大骂她一通,但我不能。我们从大学时代起便是亲密好友,在我几个月没有找到工作的时候,穷得每天啃馒头,但因自尊心太强不肯开口,是她主动送来三百元钱:"借你的,还的期限是一百年。"她那明媚的一笑让我知道她是多么善解人意的女孩。

我与丈夫离婚后,她将我带到她的家乡,在那个小村庄里,每天早上,她善良的老母亲为我们煮锅巴粥,很烫,很香,是一种童年的怀旧与依恋。

那是一个位于丘陵中的小村庄,我们去的时候开满了桃花,我们随意地躺在青青的山坡上,看着微风抖动着粉红的花瓣如雨般纷纷飘落。我不禁恸哭,她将我搂进怀中,任我哭了很久,很久。

最后,她紧紧地握着我的手:"我相信,这个世界上一定会有个好男人爱你的,一定!"

她纤细的手紧紧地握着我,有一种力量传递到我的心脏,带着温度和感动。从那一瞬起,我知道,她是我今生今世的好友。

后来,我们真的成了莫逆之交,我们分享所有属于女人的小秘密,每当有了新的"敌情",我们都会汇报"当日战绩"。

然而,这样一个女友却成了我的眼中钉。每时每刻她都在吸引我男友的目光,看着她对着佐罗挺着胸脯,做出妩媚而撩人的姿势我就怒火冲天。一天晚上,我们仨在一家火锅店里喝酒,在我起身找老板娘加菜的时候,一转身,看见她正在殷勤地为佐罗点烟,神色暧昧,巧笑倩兮。

回来后,我佯装没有看见,佐罗正在和她大谈结伴去西藏摄影一事,有说有笑,我沉着脸一声不响,我知道如果我发出一声,那将是掀起桌子的轩然大波。

那天夜里,盛怒至极的我坐在桌前写了一封信,信里面把对她的不满一一罗列。我共写了五页,把这些日子发生的不愉快通通发泄了一通:她吃喝不付账;她没皮没脸地要佐罗买礼物;她装腔作势,卖弄风情;她乱用我的口红、香水,没有修养……我用了很多"小人""无耻"之类的字眼。

一想到这封信给她带去的羞辱,我就有了一种复仇的快感,心中突然有了一种释然而轻松起来。

也许是犹豫,或者还有些歉疚,我在写地址的时候分外潦草,邮编也记得不甚了了。我将信一封,下楼散步时投进了邮筒。

以后的一个星期,我都生活在忐忑之中。每当电话响起,我都会以为是可丽,我的脑海里甚至闪现着她含泪的质问:"我究竟哪里对不起你?"

可是没有,一天、两天,一周、两周,她仿佛空气般消失了。

没有她的日子,我反而生活在一种期待与不安之中,原来报复的滋味让人如此难受。

佐罗也有些奇怪,在他做好一桌菜的席间终于开口问道:"可丽最近怎么没有来呢?"

两个星期后,可丽突然出现了,像什么事也没发生过一样。她笑容可掬,给我们买了一大套床上用品,喜气洋洋地告诉我们,她已在广州找到了工作,就要走了。

听到这话,我心中那根针一下子拔掉了,却有一种很空的感觉。我对她小心翼翼,心里不断翻腾着信中对她用的那些恶劣、激烈的言辞,生怕她会联想到什么不愉快的事。我一直想找机会向她解释一下,可她却仿佛什么事也没有发生一样,愉快、开朗、热情,还邀请我和佐罗到她的新城市去做客。

我不禁在心中惊叹她的承受力,暗自惭愧。在她就要走的时候,我终于开口了:"那封信,实在是一时冲动……"

"什么信?"她因喝酒而发红的脸兴奋而纯洁,不像是装的,"你什么时候给我写信了啊,都什么时代了。"

"你的意思是,你没有收到?"我纳闷地问,"那你为什么这么长时间没来?"

"我在电话上留言了啊,上个月我就去广州了,找工作,我还以为你知道呢……"一切真相大白。

"也就是一封朋友转过来的信,招商的,我就寄给了你。"我胡乱说着,心里却忍不住一阵狂喜。连我自己也不知道,原来她在我的心目中的位置比我想象的还要重要。

后来可丽去了广州,在那里干得很好,我们经常通电话,她还和过去一样为和佐罗说话和我争抢,一切都还和原来一样。但这一切都因为那封没有送抵的信而变得美好起来,我的心中充满失而复得的喜悦和侥幸。

我甚至感谢这封没有抵达的信,因为如果没有它,我的情绪一定会通过脸色、语言,甚至更加恶劣的方式发泄出来,可现在呢,不,是我一个人经历了愤怒、发泄、等待、反省的过程,而她却丝毫没有受到影响。

从那以后,和同事也好,朋友也好,爱人也好,无论发生了什么不愉快,我都悄悄地给他(她)写一封信,信中毫不客气地发泄一通,然后将这封信锁进抽屉。

一个星期后,当一切时过境迁,再拿出这封信捧读,才发现这封信里其实充满了一种愤怒情绪支配下的恶意与曲解,其暴怒、怠慢和刻薄令人惭愧。

其实每个人都会有无法控制自己情绪的时刻,如果把恼怒、怨恨都发泄出来,就是将一件情感的瓷器摔碎,再也无可挽回了。而写一封无法送抵的信呢,其实是静静消化愤怒的过程,烦恼、愤怒最终会被时光化解。

我突然明白,写一封无法送抵的信也是一种静化自我的过程。正如"返景入深林,复照青苔上"诗句中所表达的禅意那样,我们最终看到的其实是自己的心境。

静待花开

杨如雪

一天当中,随时随地,只要有那么几分钟,就坐下来,盘腿。为什么要盘腿?这个姿势时间久了,不会前摇后晃。

静坐,是瑜伽最基本的姿势。静坐的内容,是调息、调身、调心。体会生命的无常、短暂、美好。

静坐的目的,是积极进取但不执着,心不散乱,意不颠倒。

为即将开始的新一轮工作充电加油,瑜伽是最方便的一种运动了。而静坐,又不局限时间、地点,旅行途中,等待就餐的时候,午休前后,都可以。

现在合上眼,深呼吸。

呼吸这东西很奇怪,其实人一天到晚,一直在呼吸。何以静下来的时候,才能那么细致地观察到它呢?呼吸的粗重清浊,和我们的心有很大关系。白天的琐碎人事反映到呼吸上,影响着生命的质量。

当情绪起伏不定的时候，呼吸也跟着粗重起来；当我们的心安详柔和的时候，呼吸就会变得均匀轻柔，几乎难以觉察。轻柔均匀的呼吸，是身体状态最健康时的呼吸，当然，也是最优雅的呼吸。

观察呼吸的同时，观察我们身体的变化。观察身体的触感、冷感、热感、麻木感、痛感、钝闷感，观察这些感受的生灭。每一个部位的感受，都不一样。每一种感受，都在分分秒秒地发生变化。这是调息。

观察可以是从里到外，从外到里，也可以从头顶的百会穴到脚心的涌泉穴，还可以是前身和后身相对应的部位。观察久了，会有对穿打通的感觉；再久一些，各个部位打通的地方越来越多，以至于到最后，全身每个地方连成一片，瞬间一股热流流遍全身。这是由内观起步，将意念的力量凝聚。这是调身。

调息和调身的同时，也开始调心了。

前两者的观察训练，会把我们的心调节得非常理智。

我们未经调节的心，总是追逐妄念，四处攀缘。那时理智和情感是一个跷跷板，这头上去，那头下来，理智和情感总是此消彼长。经过训练的心，理智和情感是同消长、共进退的。后者的情感是智慧过滤，客观无我，纯净透明。

静坐，能调节我们的妄念和攀比心，让心看到事情的真相，让我们的行动有明确的目标，没有障碍，乃至事事无碍。

我们对自己的身体越了解，对突如其来的事情，越能应付自如。一个对自己的身体和心观察得很细致的人，对外界的环境，对周边的自然，不用抬头张望，自会了然于心。

身体如有小小不适，也会及时觉察。如果静坐够功夫，大病也有预警。这一点儿不神秘。透视的功能，不是只有机器才能做到。

坐下来，静待身体中的智慧之花开放。至于花开后，到底能看见什么，依每个人的资质，随每个人的因缘，达到不同的境界。

坐下来，静待花开，花开见佛。这佛应是我们本来面目的自己：清凉、无染、芬芳、富足、自在、欢喜。

心想事成的秘诀

琴台

偶然遇到旧日好友，问及生活状况，她懒懒道："还能怎样，无非老公孩子热炕头罢了。"

朋友是大学同学，学生时代也算个意气风发的家伙。那时候，我一直以为她有朝一日会一飞冲天。不想，不过十几年的光景，她竟然从一只心比天高的鸿鹄直接"沦落"为只知柴米油盐的燕雀。这样的变化着实让人心惊。而当朋友知道我偌大的年纪还天天拿理想说事时，似乎也吃了一惊："都多大年纪了，还梦想呢？"

朋友笑我越活越看不破人生："成功的人又有几个？做一个平常人有什么不好。"我得承认自己是个有野心的人，如果说过去三十多年，想要做个杰出的人的念头不过是突然冒出，那么人到中年，我的意念坚定下来，那就是——一定要做个成功的人。

所有的改变和一本书有关。

《秘密》,澳大利亚作家朗达·拜恩的新作,书中提出了一个崭新的说法:"吸引力法则+心灵快乐"的处世哲学。它的主旨就是:灵魂关注什么,就会吸引什么。如果专注富有、成功,你就会获得富有和成功;相反,如果把焦点放在贫乏、失败上,就会吸引不好的事情降临。

朗达·拜恩甚至指出,很多人之所以没有过上他们"理想"的美好生活,恰恰是因为他们没有专注在拥有这些事物上——而是专注于他们所欠缺的事物上。这个说法或者有失偏颇,但是,在心理学范畴上却有一定的理论依据。心理学、哲学认为,一个人的目标如果单纯而明确,而且意愿足够强烈,它就往往能让你的灵魂发出强劲的磁场,吸引相同的人向你靠拢,并在不自觉中帮你成就愿望。

朗达·拜恩把这称之为"心想事成"的魔法和秘诀。

这一秘诀也正是朗达·拜恩个人人生经历的最好注释。

她曾经遭遇个人生意失败、父亲突然去世、身材肥胖等诸多难题,但是靠着"心想事成"的魔法和秘诀,她很快重新找到人生事业的目标和方向。2007年还被《时代》杂志选为全球最有影响力的100个人之一。

朗达·拜恩说:"我的灵魂是块吸铁石,它使我的内心时刻充满能量,这些能量敦促着我不停去奋斗,于是,梦想变成了现实,我的人生成就了奇迹。"

其实,每个人内心都有渴望功成名就、万众瞩目的辉煌情结。但是，为什么成功总是稀少的，庸碌却是平常事？诸多原因中，很重要的一点就是，你的灵魂是否是一块吸铁石。大多数人的梦想虽然高远，但灵魂却是一汪不流动的水，没有波澜，没有激情，更没有势在必得的野心和力量。久而久之，曾经的豪言壮语渐渐泯灭在庸常的生活中，梦想越来越遥远，终于成了一朵可望而不可即的彼岸花。

失败的理由总是有的，但失败者应该知道，成功从来不会轻而易举，追求成功的路上，每个人都会遭遇挫折和打击。面对挫折和打击，勇敢者坚信，一切拦路虎都不过是挡在成功面前的障眼法，只要一直坚定不移地前进，势必能拿到自己想要的一切；而软弱者则满心懈怠，慨叹自己没有那样的能力和机遇，心灰意冷，转身而去。

说到梦想，我常常习惯将这两个字拆开来解释：梦，或者想。这样的拆分让人赫然看到它的两面性：对于踟蹰不前的软弱者，它永远是一场空梦；而对于一往无前、百折不挠的勇士，它不过是一个早晚要实现的想法。

没有人生下来就充满勇气和力量。将灵魂变为一块吸铁石，其实是岁月赋予每个人的一种修炼。如果你也想让自己的灵魂发出吸铁石的光芒，那么从今天起，牢记这条"吸引力法则"，排除一切干扰，将全部注意力只放在你渴望拥有的事物上。

这应该是所有成功的前提。

以田园心境过都市生活

周正　张丽洁

A 都市女人

8点要上班,于是6点起床,穿衣、梳洗、做饭、送孩子……先将孩子送到了,幼儿园还没有开门,大冷天,母亲把尚有睡意的孩子放在门口,一步三回头……

然后,搭上公共汽车,一路上十几个红绿灯。前两个路口还算顺利,到第三个路口开始堵车,你急得跺脚:"快点儿啊!"但是,车并不会因为你跺脚而加速。好不容易赶到单位楼下,一看表,7点55分。如果电梯正好下来,你就不会迟到,倘若3分钟之后下来,今天就肯定打不上卡,于是,你在电梯门口又开始跺脚:"快点儿吧!"电梯没有如愿下来,你拿着卡冲到跟前,机器不接受,被扣了200块钱。

一进门,站着部门经理,你解释:"我去送孩子了。"

"就你有孩子?大家谁没有孩子?这个月,你已经迟到3次了。每个人都这样的话,公司怎么管?我今天找你还不是为了查纪律,计划书做得怎么样了?"

"做好了,在电脑里。"

"昨天都安排了,怎么还不打出来?"

"我想今天一早来了就打。"

一打开电脑,中病毒了,请电脑专家,修到8点45分。200页的报告,打印到9点半,赶紧拿给经理。

"怎么不装订?"

又回来装订,好不容易按时交上。

"今天的计划书,你做了一份,'海归'博士做了一份,中科院博士也做了一份,三个人里,你的学历是最低的,你得注意!开完会再说。"经理转身走了。10点开董事会,你的心就一直悬着:要是不用我的就完蛋了。你忐忑不安地看着表,11点、12点……直到中午1点半,经理才出来。

"你的方案通过了,但是,'海归'博士提出的议题新颖,中科院博士的方案技术含量高,用你的只是因为你对公司的情况了解得比较深入,下次还是三份报告一起评。另外,三个人里你的学历是最低的,董事长要求你提高学历。"

…………

下班回到家,天已经黑了,孩子被校车送回来,坐在家门口,你一看火就上来了:老公死哪儿去了?吃完饭,哄孩子睡着以后,还不能放松:准备考研吧,只剩下3个月了……

第二天早上,你又要6点起床,又要一步三回头地看着孩子……

B 田园先生

听见鸡叫醒来,拉开窗帘:天还黑着,再睡会儿。过了一会儿,太阳出来了,起来吧。

一看,饭还没做好,先抽袋烟。过了半个小时,红薯煮出来了,随意吃了几个,8点50分,扛着锄头出门了。

走在路上,被二婶碰见:"今年地里种点儿啥呀?"

"还没想好种芝麻还是种玉米,先翻翻地再说。"跟二婶聊了15分钟。假如是都市人送孩子的时候,二婶过来:"这是去哪儿啊?""哎呀,不说了,不说了!赶时间,回来再说。"脚步都不停。

扛着锄头走到十字路口,没有停就过去,因为没有一个红绿灯。

到了地头,刚想锄地,发现一只野兔,衣服一甩,扛起锄头追兔子,追了半个小时,没逮着,回来锄地。到10点半,太阳高了,有点儿热,找来几个人,在树下开始打牌,晌午回家。

去地里的时候,需不需要打卡然后准时开工?

有没有人说"工作要专心,不要追野兔子"?

锄地就是锄地,你绝不会想:隔壁田里的人跟我比呢!

打牌的时候也不会想：咱村长说了"以后得提高学历"。

…………

回到家，老婆已经做好饭了，集市上买的黄河虾，河里摸的泥鳅，还有烤的新鲜玉米。小孩子围成一圈儿，抱狗的、赶猪的、满地打滚儿的，都不用管。下午睡到3点，如果太阳还高高的，就不锄了；如果天阴，还出去锄地。这叫顺天应人，天人合一。太阳落山了，看电视、唱大戏、打牌、遛狗、掏鸟窝……晚上睡得安稳，不用想着提高学历。

A+B 以田园心境过都市生活

生活在于选择，身在都市，有很多不可控因素，能够控制的只有你的心境，如此，你才有资格在都市中生活。其中最关键的，是要具备良性的人格。

首先，要把事业做通，把本质看透。

老板问："计划书呢？"

"早准备好了。"

"装订了没？"

"还是彩色的。"从包里取出，交给老板。

"这一次可是有'海归'博士和你竞争。"

"'海归'博士的计划方案在这儿。"随手又从包里取出一份。

"你怎么知道？"

"他的网址我知道。方案您先拿去看,等会儿他说什么您就都知道了。"

"听说中科院博士的也来了。"

"中科院博士的在这里,"再取出一份,"别的还要不要?"

…………

必须得练好这些功夫,你在别人的圈儿里和别人在你的圈儿里有很大的区别。如果你做策划,所有竞争对手的版本你都应该能够了解到,就看你有没有准备得游刃有余。

因为游刃有余,所以才能从容不迫。

老板说:"你又迟到了。"

你一笑:"我就喜欢迟到。"

"不跟你说那么多了,快拿计划书。"

"给,还有'海归'博士的、中科院博士的。"

老板说:"随便迟到。"

这不是开玩笑,某些大企业(如华为)的副总、总工程师、总设计师都可以不按时上下班,老总列了一个名单:"这些人是我们的灵魂,想什么时候来就什么时候来,想什么时候回去就什么时候回去,一个人三辆车。"到了这种程度,你送孩子就不会那样心酸——买个车!一个月挣30万,怕什么!送完孩子8点,到公司9点,10点开会,三份计划书都在包里背着。你有本事在事业上游刃有余,生活中也就从容了。

开完会，老板过来了，你正在打游戏，老板根本就不会管："都被否定了，还是用你的。"

"感谢大家对我的信任。"谦虚一笑，风度翩翩。

"大家说，虽然你的学历只是本科，但你的水平比他们都高。"

你再谦虚地笑笑："这个我知道。"

老板绝对不会说："你得提高学历啊，不提高学历不行！"

游刃有余、从容不迫了，自然就变得幽默了。

美丽、才情与女人的幸福

忻之湄

女人的美貌与知识孰更重要,常常是女性刊物必有的议题。为什么从来没有人问,男人的英俊与智慧孰更重要?既然此问专属女人,答案自然也就不言而喻。

曾拿这个话题去问周遭的男士,十之八九毫无犹疑地回答:女人嘛,长得漂亮一点儿比较好。男人们或许也嫉妒美人们不费吹灰之力便赢得了他们拼却一生也未必能到手的东西,更多是因为,呵,五陵年少争缠头。五旬老者或许更愿意与一位有知识的女子做一场有情有趣的谈话,然而年轻的时候,他们拼了命要去追求的是脸似芙蓉胸似玉的美女。

美女之于男人,亦如金鞍之配宝马,宝剑之配英雄,是男人们身份、地位、成功的象征。我认识一位离异男士,前妻以美著称,但为人尖刻,肤浅易怒,然而,实在是美。娶得美人归,当然是一件很有面子的事,此君在友人们"娶了美人会短命"之类的戏言里,反诘他们是"酸葡萄心理"。但此君的魅力仍然不足以长久地挽住美人心。美人浓眉大眼，很现代的美丽，也有很现代的观念，视传统美德为落后腐朽之物，跟了更有前景的男士走了。不过，此君的爱美之心始终不渝，声言再找另一半仍希望是美人，理由是，有过前一次的教训，他会更懂得与美人的相处之道，希望有机会再次证明自己的魅力与魄力。

李银河女士在她一篇追忆王小波的散文中写过这样的句子："我起初怀疑，一对不美的人的恋爱能是美的吗？后来的事实证明，两颗相爱的心在一起可以是美的。"你看，学养丰厚、完全不必以色示人的才女都曾经以为美丽的爱情应该是美人的专利。

虽然一直以来都有"红颜薄命"之说，后来感悟，那仍然是世人对红颜的一种偏爱啊！红颜夭亡有此一叹，多少不幸的女子因为算不得红颜，遭了不幸，连"红颜薄命"之类充满怜惜的感叹都听不到半句，岂不比红颜女子更为薄命？

年长的时候，我们需要人们的尊敬，那时候知识对于女人大概会显得比较重要。诚如女作家与女明星，待到老年，一定是前者的门下客多于后者，而年轻的时候，女明星的生活可要绚烂丰富得多。美，无须多到如褒姒一笑倾人国；才，亦无须多到如张爱玲一般高处不胜寒。

至于幸福与美丽、才情的关系，为什么不去问问戴安娜和张爱玲，美貌与知识在获取幸福的途中孰更重要？前者美貌绝伦，她流露的那点儿善良和任性，为她的美丽增添了一些人性的光芒，她的薄命更为她赢得了哀荣；后者才情横溢，很年轻的时候便红遍了中国文坛，在隐居多年之后，仍叫人们深深怀念。然而两人似乎都不快乐，都与世俗的幸福无缘。"从此，王子和公主在城堡里过着幸福的生活"那样童话般的结局没有发生在戴安娜身上；"执子之手，与子偕老"，许多寻常人都能得到的生活，张爱玲却没有得到。

看起来，美人也好，才女也罢，都以那种叫"爱"的东西来界定自己的幸福。生活中许多既不美丽也无才情的女人，一生布衣素食陋室，平庸的夫平常的子，却也其乐融融，令锦衣玉食、花容月貌的美女、才女们在她们幸福的笑颜里失色。

其实，美丽也好，才情也罢，有些时候都只是我们在茫茫人世中寻找安宁、快乐、幸福的工具。有了这样的认识，美貌、知识都是无可无不可的东西了，一颗勇敢的直面现实的寻常心或许比美丽和才情更容易让女人感到幸福。

忘记是第一簇雏菊

韩松落

心理学家说,一个人摆脱一段感情重创,需要3个月到半年的时间,这个理论在朋友A身上没有得到验证,她在3年前结束了一段感情,至今仍然沉浸在那段情事之中。她开了一个博客,每天上去抒发她的怀念、展示她的怨恨、宣布她的诅咒,出现在她生活里的新人一律不被她接受,因为他们总会在与旧人的对照中败下阵来。

朋友B则沉浸在往日的荣光之中不能自拔,他在20世纪90年代初南下海南,见识过财富,却与财富擦肩而过。在南方的经济低潮中,他回到了家乡,从此成为一个格格不入的局外人。他新加盟的公司,大到产品定位、运营方式,小到表格制作、待客咖啡的品牌,全都入不得他的法眼;朋友聚会畅谈理财,他也会抛出"没有一亿你还想炒股"这样的句子,让所有人面面相觑。

朋友C则走不出她旧日美貌所造成的怪圈。20年前,她确是一等一的大美女，但20年后，她仍然不能接受时间在她身上留下的痕迹。外出旅游，她从来都拒绝与人合影，有人为她偷拍了一张照片，她勃然大怒——美貌消逝之后，她拒绝影像为她留下消逝的证据，宁可当自己此后的生命不存在。

他们全都不肯忘记，就像侯孝贤电影《童年往事》里的父亲，带着一家老小，从广东去了台湾。他总以为那只是暂时偏安，总想着能回家去，所以从不置办价格略贵的木制家具，只买藤制的家具，只为离开时可以毫不惋惜地丢弃，但直到他去世，他们也没能丢掉那些家具；就像谢晋电影《最后的贵族》里的李彤，她的美丽和身世，是她无论如何也放不下的行李，也让她始终不肯"正正经经去嫁一个人"，直至最后自沉到水里。那些不能缓释的记忆，耿耿于怀的过去，一点好处也没带给她。

人生却需要不断忘记——这急弦繁管的大时代里，谁也不能保证自己的一切恒定不变。朋友曾给我看过他在中俄边境上拍摄的若干小镇，这些小镇的特别之处在于，它们是由俄国"十月革命"后流落到中国的俄国贵族建立的，虽然不知道能在那里住多久，但那些人还是认真地建了房屋、教堂，认真地生活下去。我想，对那些想要开始新生活的人来说，建造房屋并不是最难的，难在忘记过去。忘记当年农庄里的奢侈生活，忘记舞会上的音乐和塔夫绸的沙沙作响，忘记俊美的军官前来邀舞，能忘多快就忘多快，偶然提起，也是当作讲给儿孙的炉边故事。在往日的一切都已遭毁灭的情况下，忘记，是废墟里最先探头的那簇雏菊，是最好的工程师。

时光不能倒退，往日荣华不可能重来，塔夫绸的裙子不可能像画面倒放，再次穿到被冰冷的洗碗水弄粗了双手的主人公身上。在什么都不能逆转的情况下，忘记可能是一剂良药。尽管，在记忆的机制里，记忆是主动的，遗忘是被动的，"人能够主动选择记住某件事，而不能选择去忘记某件事"，但我们必须用不断的练习，促成这种忘记，至少也得使得那些横亘在心中的记忆慢慢变淡减弱。

唯有忘记，才能承认情已逝、美貌不再，才能建起石头的房子，置办木头的家具，嫁人，生娃，铁了心在新生活里生根，余下的时光，才不致被浪掷。

加油！钝感力

七七

公司同事不在时，其办公桌上的物品丢失。E那天恰好在办公室，且正好和那同事邻桌。第二天一早，行政部态度粗鲁地通告了同事丢失物品之事，敏感的E一听就急了，怕自己被怀疑，赶紧和行政部沟通，说自己走时绝对没人拿过那同事桌上的物品。行政部主任说："你走之前说不定东西就没了！"这话让E更急，心情顿时陷入焦灼。

东西已经丢失，没法查，她又如何能证明自己的清白？这事让她几天都陷入烦恼中，跟家人提起，很是委屈，唉，要是自己那天不在就好了！

忽然，她发觉那天在场的同事晓阳无事一般，她问："你的心情难道没受到影响？"晓阳说："我没拿，心安即可，用不着向他人告白，更犯不着气恼。"

回家路上，E突然发现这些年来的过于敏感给她带来了难以计数的伤害。因为过分敏感，她时常心情低落，周遭事物很容易就能影响她。

而晓阳与她全然不同。前几天,几位同窗小聚,有位说到自己新购的精华素、眼霜和清洁面膜花去两千多元,立时引起几个女人的热烈讨论,她们都是高档化妆品的忠实"粉丝"。而晓阳坦诚地说自己皮肤钝感,用贵或便宜的护肤品似乎区别不大——因此,在化妆品方面她省了不少银子。晓阳笑道:"你们消费高档化妆品时,可能更多的是消费一种价格所带来的安全感,而未必真的选对了东西。"

此言一出,几位女同学无语,因为比起化妆品的功能,她们心下的确是更依赖高昂价格带来的安全感,还有优越感。

晓阳钝感的还有爱情。先生是她的大学同学,绰号"老驴",身高一米六八,腰围二尺八,简直太不帅了。不帅还不富,交通工具以自行车和公交车为主。女友们都搞不懂眉清目秀的晓阳如何嫁了他。但晓阳乐滋滋的,因为先生很幽默,心态健康,那些身边女友丈夫的"优秀条件"对她构不成刺激。他们的高大,他们的富有,并不是她最需要的,她只想要和他在一起的快乐。

《钝感力》一书的作者渡边淳一说,钝感力是一种"迟钝的力量",也有人把它意译为"控制不良刺激反应的能力"——这个时代是这么纷繁复杂,如果没有这种自控力,不良的刺激与可能的伤害真是太多!

渡边淳一在书中列举了同样被上司斥责的两个人——敏感

的人为此心情很坏,影响了好几天的工作,甚至要求辞职;钝感的人第二天早上已经忘了昨天的不快,工作不受影响,将来还可能获得晋升。

敏感的人因为器官运转过频,易提前衰老,钝感的人则寿命长——譬如在地震中,那些创造生命奇迹的人,就是对突如其来的灾难保持了一定的钝感力,才能坚持到被援救之时。如果身体对压迫、流血、受伤等过分敏感,耐受力势必也会降低不少。

婚姻中亦然,那些携手一生的夫妇往往不会锱铢必较,而是齐心走下去,他们只望向大的目标。

如今,抑郁症患者群体越来越庞大,仅中国已达数千万人,有人预测,到2020年,精神障碍性疾病(其中抑郁症占大多数)将成为中国第二大疾病杀手!还有癌症,科学证明它与心理因素关系密切。心理因素既能致癌,也可抑癌,那些性格内向、敏感、压抑的人最易患癌症,而性情豁达、神经粗大的人即使患了癌症,康复也相对较快——反应越强,导致身心障碍的机会就越大,钝感力是一种对身心的庇护。

"钝感力"在汉语词汇里是个生脸,以前只听说在科技领域有钝感机理、钝感剂等说法,但我一看到这词就喜欢上了!它有些笨拙、傻、缺心眼儿,但却是得了大道,不执念于小我。

"许多时候,钝感比敏感更加有力。"这时代流行的是灵敏、机巧，是卧薪尝胆，渡边淳一却说，"与其有锐利的敏感度，不如对于大多数事物不要气馁，这股迟钝的顽强意志，就是得以生存于现代的力量，也是一种智慧。"他说到自己是文学新人时屡遭退稿，并受到严厉批评，但他无所谓，他只觉得对方不采用他的稿件是因为对方没有欣赏能力。试想，如果当时他过于敏感而消沉下去，也就不会再有后来的《失乐园》以及其他作品了。

从现在开始，请试着钝感一点吧！对他人的年薪钝感一点，对女友的相貌钝感一点，对邻居的好车钝感一点，对嫉妒钝感一点，对中伤与刁难钝感一点，对失意与伤害钝感一点，对"成功"这个词钝感一点。

"谢谢你总是这么嫉妒我。托你的福，我会更加努力的，今后还请继续嫉妒吧。"渡边淳一告诉我们，与其对嫉妒者怨恨，不如傻傻地感谢。

当你变得钝感一点，你便会强大一些，快乐一些。

让我们用钝感的力量把一些不快抛在脑后！另一方面，请让我们的敏感更加膨胀一些！对已拥有的那些细小的幸福，它们也许微不足道，但当你的心对它们尽可能地敏感时，它们便会如种子般增殖。